彩雲国物語

二、黄金の約束

雪乃紗衣

角川文庫 17108

目次

答えた。何より否と答えようものなら、自分が「困った」とき、あの戸部尚書に何をされるかわからない。考えるだに恐ろしい。……しかしこれから戸部へ志願してくれる者をさがすのがいちばんの難題になりそうだと、その場の誰もがひそかに溜息をこぼした。

景侍郎は心の底からホッとしたように深々と頭を下げた。感謝の念を素直に表し、丁寧に礼を述べる。そして当の戸部尚書はといえば、相変わらずまったく表情は読めないながらも、とりあえず頭は下げた。かなりわずかに、ではあったが。

「では、次の議題に移ります。これは軍関係になりますが、茶州から何やら賊が大量に入り込むという情報が……」

そうしてつつがなく議案が処理されていき、今日の議案がすべて消化されたころのこと。終了を告げようとする進行役の景侍郎を王が押しとどめた。

「最後に、余からひとつ聞いてほしいことがある。このところ考えていたことがある。国試に関してなのだが」

王が自ら何かを提案するのは、これが初めてかもしれなかった。驚いたように顔を向けてくる朝臣一同に、若き王はひとつひとつ、言葉を句切るようにゆっくりといった。

「何を突然、と思われるかもしれない。だが、聞いてほしい。次の国試から、女人を受け入れようと思う」

目を瞬く朝臣たちに、王は辛抱強く、かつ簡潔に繰り返した。

「国試の、女人受験――これを導入したい」

＊　＊　＊

じりじりと照りつける太陽を、その男はまぶしそうに手をかざして見上げた。伸び放題の髪と髭で男の顔ばかりか歳さえも判別できない。薄汚れた格好とあいまって一見物乞いのようななりだったが、むきだしの両腕は見る者が見れば感嘆したことだろう。鍛え抜かれ、見事に無駄のない筋肉。決して太くはないが、しなやかな鞭のような腕だった。

今年の夏は——特に紫州では大変な猛暑と聞いていたが、それもあながち間違いではなかったらしい。紫州に近づくごとに、熱気は確実に増していた。男に底なしの気力と体力がなかったら、とっくの昔にどこぞで行き倒れてひからびていただろう。

右手に持つ長い棍を杖がわりにして歩いていた男は、はあ、と溜息をついた。

疲れた。

うだるような暑さと、滝のように流れる汗に辟易する。だがなんといっても、ここ数日ろくな飯にありつけなかったのが最大の敗因だ。水はなんとか補給していたが、肉類・魚類にはとんとお目にかかっていない。

「腹…へった——……」

今の彼の目には、鳥は鶏肉に、魚は焼き魚となって見えるはずであった。対象に遭遇したが最後、雄叫びをあげて追っかけてとっつかまえて腹に入れる。もはや頭の中には肉・

肉・肉、飯・飯・飯、の二文字しかなかった。

とはいえ、そんな極限の状態でも、傍目には彼はいかにも飄々としていた。棒をついているとはいえ、足どりもしっかりしており、速度はいささかも落ちてはいない。長すぎる前髪に隠れがちな双眸も、うんざりとした感じはあったがきちんと理性が宿っていた。常人離れした体力と精神力のなせる業といえた。

日が沈むころ、男は遥か遠くに連なる城壁を見つけた。延々と、線のように横薙ぎに走る壁の向こうが、目指す終着点だった。

「……紫州州都、貴陽」

それは王都を意味する。

「……やーっと、ついたか」

彼の足ならば、明日の昼過ぎには城門のなかへ入れるだろう。

とはいえ、彼の目的は王都にたどりつくことではなかった。貴陽に入ってからが本番で、それは今までの旅路よりも遥かに厄介なことだった。けれど男はたいして深く考えこまなかった。もともと楽観的な性格であり、思い悩むなどとは無縁の性分なのだ。

「野宿は、今日で最後にしたいなー」

風がざぁっと吹き、男の無造作に伸びた髪や髭をさらう。長い前髪の下から、左の頬骨のすぐ上を走る十字傷がのぞいた。それは風の吹いた一瞬のこと。

そして男は今日のねぐらを探そうと、再びのんびりとした足どりで歩き出したのだった。

＊　＊　＊

同時刻——やや離れたところではあったが、やはり野宿の場所を探すべくうろうろさまよう妙な二人組があった。

「兄…じゃなかった、お頭ー見えますかー、あの横に長く伸びてる線！　城壁ですー！」

嬉しげに城壁を指さすのは、十歳ほどのひょろりと細身の少年だった。『お頭』と呼ばれたほうも、その少年とたいして歳が変わらないように見えたが、邪険に手を振るその態度はずいぶんと偉そうだった。

「線がなんだ。もう暑くて死にそうだ。早く木陰を見つけて休まないと、俺は倒れて死んでしまう。いや、倒れる。俺様は今すぐここで倒れるぞ！」

堂々と宣言すると、『お頭』はその場でばったりと前のめりに倒れた。

慌てて少年が飛んできた。

「ええっ、じき貴陽につくっていうときに。超有名な山賊団『茶州の禿鷹』のお頭ともあろうものがこんなところで行き倒れなんて！　しっかりしてくださいーお頭。貴陽の美人なお姉さんたちと僕だけ一人で遊んだってつまらないですよー。おいしいもの、たくさん食べるっていってたじゃないですか」

途端、むくりとお頭は起きあがった。

「なんだと、もうすぐ着くのか！　早くそれを言え。こんなところで行き倒れている場合じゃない。お姉さんたちに向かって…いや、輝かしい明日に向かって歩かねばな！」

うってかわってきびきびとした足どりで元気よく歩き出すお頭。

元気になったお頭のあとをホッとしたようについていきながら、少年が首をかしげた。

「……でも、僕たちって、綺麗なお姉さんたちと遊ぶのが目的じゃなかったですよね」

ぴた、とお頭の足が止まる。思い出したというように一拍の間があり、彼は振り返った。

「……もちろんだ！　我が山賊団『茶州の禿鷹』は、逃げ足の速いあやつを追っかけ、その佩…佩…なんだったかを奪い！　あまつさえ命をも奪うという、実に残忍な山賊らしい依頼を実行するべくやってきたのだ！」

「わー、お頭かっこいい」

決めの姿勢をとるお頭に、少年はぱちぱちと惜しみない拍手を送った。

「だがせっかく王都へやってきたのだ。ついでに綺麗なお姉さんたちと遊んでも構うまい」

「おいしいものもたくさん食べましょうね。紫州の名物とか、おみやげとか、たくさん買っていきましょうね」

「うむ。お城見物にも行かねばな！」

「七家の別宅がそろっているので有名な、彩七区にも足を運びましょう」

「よしよし。そう焦るな。今夜一晩、ゆっくりと考えを決めようじゃないか」

「はい。明日が楽しみですね。僕王都になんて行ったことないです」

「ふっ、貴陽なんてたいしたことないさ」

妙なところで正直なお頭は、「俺様は行ったことがあるぞ。まあ、貴陽など俺の中庭みたいなものだ」などとホラを吹いたりはしなかった。

「そうだ、曜春(ようしゅん)、いいか、貴陽に入ってもきょろきょろしたりするんじゃないぞ。いかにもおのぼりさんという顔をしてると、俺たちを知らない奴らになめられるからな。最初が肝心なんだ。貴陽なんて知り尽くしてるって顔をして歩くんだぞ」

「わー、お頭って、いろいろ考えてるんですねぇ。さすがです。僕頑張ります」

心から尊敬の視線を送る曜春、十一歳。そしてお頭、十二歳。

二人の「山賊」は野営の場所を決めるべく、再び勘を頼りに彷徨(さまよ)いはじめたのであった。

第一章　行き倒れていたクマ男

きっかけはささいなひと言だった。

「秀麗ちゃんも年頃だねぇ。もうそろそろいい人見つけないとね」

豆腐屋の張おばさんに至極当然といった顔で言われ、秀麗はしばらく答えに詰まった。

ボンヤリ出てきたのは、いかにも他人ごとのような、間の抜けた返事だった。

「……え？」

＊　　＊　　＊

秀麗は照りつける熱い日差しをかきわけるように、家に向かって歩いていた。

そろそろ日が傾きはじめる時分だが、うだるような暑さはいささかも衰えていない。

ぎらぎら輝く夏の陽光を遮るように腕をかざしながら、秀麗はうんざりと溜息をついた。

「……まーた、今年もこの季節がきたのね……」

秀麗は夏があまり好きではなかった。もともといい思い出のない季節でもある。だが特に今年はひどかった。まだ夏も半ばながら、悪夢のような日々が続いている。

――いろいろな意味で。秀麗はフッと暗い笑みを浮かべ、ボソリと低音で呟いた。

「……ったく、どうにかなんないのかしら。あのトンチンカン男」

後宮を辞してからこっち、穏やかに過ごせるはずだったこのふた月を思い返し、秀麗はぴきぴきとこめかみに青筋を浮かべた。

金五百両につられてうっかり後宮に送られてしまったのは春だった。しかしなんとか「昏君の根性叩き直し」の仕事は完遂し、霄太師からもぎとった金五百両を手にホクホクと家路につき、あとはボロ邸を修繕して米を買って意気揚々と夏を迎えるはずだった。のに。

最初は文だった。

高級な料紙で、毎日のようにバラバラと文が届きはじめたのである。差出人は「匿名希望」。しかも何がいいたいのかサッパリな内容であった。例えば左の一文。

『寂しいが余は一人で寝ている』

――だからなんなのか。意味不明である。

わらわら届く『今日のひと言』文は、ちまちまと地道にではあったが確実に日々積み上がり、室の一角を占拠する勢いであった。このごろではたまりまくった高級料紙の裏を使って道寺に集まる子供たちに書き取り練習をさせるという再利用法を思いついた。

次は贈り物攻撃だった。しかもまたしても意味不明な。

まず巨大な氷が届いた。しかし大きすぎて門から先に入らず、届け人はその巨大な氷塊を門前に置きざりにした。塾から帰った秀麗は仰天し、門前には何事かと人だかり。おまけに門ぎりぎりに置いていったので、秀麗はそれが溶けきるまでの数日、バカバカしいことに塀に梯子をかけて邸に入るしかなかった。いったいなぜ巨大氷塊なんぞを寄こしたのか意味がわからない。ちなみにその氷は溶けるまで子供たちの格好の遊び場となった。

またあるときは大量の卵が届いた。生ならまだしも料理のしようがあるものの、ことごとくポクポクと湯気が立っていた。秀麗は近所のおばちゃんを招集して大至急山のようなゆで卵の処理にかかり、丸一日を無駄にした。かなりの量を近所の人々におすそわけしたが追いつかず、丸二日ゆで卵のみの食生活を送るハメになったばかりか、真夏ということで三日目には腐って、すごい異臭に悩まされた。

花束も贈られてきた。「季節はずれで珍しかったから」と一筆添えられた真っ赤な花の名は曼珠沙華。別名彼岸花。墓場によく咲いている。間違っても人に贈る花ではない。

など、など。どうひいき目に見ても嫌がらせだ。気のいい街の人々もそう思ったらしく、「……秀麗ちゃん、留守してた間に何やったんだい？　よかったら相談にのるよ」

などと当初はひどく心配してくれたが、たいして害がないと知った近ごろでは、次に何がくるかと賭まで始めているらしい。

贈り主の正体を知っている父の邵可と家人の静蘭は苦笑するだけだったが、この迷惑極まりない親愛の情（？）を寄せられている当の本人にとっては笑いごとではなかった。

（まったく、私が何をしたってのよ！）

顎を伝う汗をぬぐいながら、何回か深呼吸する。——いやいや落ち着くのよ私。むやみに怒ったって暑さが増すだけ。水分の無駄。体力の無駄。めぐりめぐって家計に響くわ。今日は絳攸様と藍将軍がいらっしゃる日なんだから、お夕飯の献立でも考えよう。

そんなことをつらつらと考えるうちに、邸の門が見えてきた。違和感に顔を上げた秀麗は、そこで思わず足を止めた。門前に転がるそれをまじまじと見つめ、ぽつりと呟く。

「……何、あれ」

＊　＊　＊

久しぶりに現れた少女は、記憶のなかにある面影よりもずっと美しく大人びていた。

ああ——と彼は熱い吐息をもらした。

ようやく、この日がきた——待って待って、待ちつづけた。どのくらい待ちわびたろう。何年——いやもう少し短い気がするが、そんなことはどうでもいい。気分は幾星霜。

手を伸ばす。少女は逃げなかった。頬に触れると、彼女はそっと目を閉じた。口づけを受けるかのように心もち顔を上向ける。

「秀麗……」

さらさらと頬にかかる髪を、そっとすきやり、劉輝は愛おしげにうなじに手をかけた。優しく腰をひきよせ、誘うようにわずかにひらいたその唇に口づけを落とそうとする。

「……──いしている」

ごく自然に、その言葉がこぼれおちる。そう──そう言いたかったのだ。ずっと。うなじにかけた指が震える。心の奥に灯がともったかのように熱い。慣れた仕草も、まるで初めてのようにぎこちなくなる。

ゆっくりと睫毛(まつげ)を伏せる。そして唇が重なりかけたそのとき──。

「……何いってるのあなた」

不意に、腕のなかが空になった。

目を開けると、今の今まで抱きしめていた愛しい人がいない。

はっと顔を上げると、離れた場所に誰かと二人で仲良く並んで立っている。

「なんで、私があなたのものなのよ。私はこの人と結婚するの」

秀麗が愛しげに首に抱きつくその相手は──。

「あ、あああ兄上っ!?」

今は静蘭という名の兄は、そっと秀麗を抱きあげると、視線だけで劉輝を見た。

「……と、いうことなんだ。悪いね、劉輝」

「静蘭のほうが、ずっと大人だし、優しいし、強いし、頼りがいあるし、かっこいいし、お金稼いでくれるし、いつも私を守ってくれて、あなたより百倍素敵。もう十年以上も一緒に暮らしてるし、そろそろ夫婦(めおと)になろうと思うの。あなたも祝福してくれるでしょう?」

秀麗は自分を抱く静蘭に甘えるように頬をすり寄せる。

「これからは、あなたのお義姉さんになるのね。よろしくね。ときどきお金借りにいくから、そのときは無担保無利子で貸してね」

「え⁉　いや、ちょ、ちょっと待」

「お前も早くいいお嫁さんをもらうんだよ。草葉の陰からお兄ちゃんは見守ってるからね」

にっこりと静蘭が笑う。草葉の陰⁉　それ使い方違う——とつっこむ隙も与えず、仲睦まじい二人は急速に遠ざかっていく。

「ど、どこへ——なななんでこんなことに——」

追いかけようとしても、根が生えたかのように足が動かない。足元を見ると、過去の愛人たちがしっかと足にからみついていた。しかもよりによってことごとく男なのである。

「う、うわー！　ななな」

足をつかまれたまま引き倒され、劉輝はすっ転んで派手に顔面から激突した。痛い。

「劉輝、お前はお兄ちゃんが留守の間にずいぶんと遠い世界に行ってしまったんだね。お兄ちゃんは悲しいよ。お前に夜伽命じられたときはちょっとどうしようと思ったしね。でもまあ未遂ですんだし、そっちはそっちでシアワセにおなり」

ばいばいと手を振る静蘭と秀麗。

あっというまに胡麻粒のごとくなる二人に劉輝は手を伸ばした。

「ちょ、ちょっと待て————っっっ‼」

ゴン、と寝台から転がり落ちた劉輝は、おでこをぶつけて目を覚ました。

楸瑛は無言のまま、壁に手を突いてうつむいていた。心なしか、肩が小さく震えている。もうかなり前からその姿勢のまま動こうとしない。

「──楸瑛」

絳攸は大量の書翰を手際よく整理しながら、おもむろにいった。

「笑いすぎだ」

また笑いの発作がぶり返したのか、楸瑛は腹を抱えて爆笑した。ばんばんと壁を叩く。

「……だ、だって……はははは！　あっははははは!!」

おでこを冷やしながら決裁していた劉輝は、じろりと楸瑛を睨みつけた。

「でてけ」

「くっ、いや、すみません。あまりにも微笑ましい夢でつい」

「悪夢だ」

「はははは！」

いつも底の見えない微笑を浮かべる楸瑛だが、今日は珍しく心から馬鹿笑いしていた。

「話さなければよかった」

劉輝は憮然と呟くと、苛立たしげに御璽を押していく。絳攸はいかにもバカバカしいといった様子で最初からとりあっていない。

この数ヶ月ですっかり執務室となった小さめの室(へや)には、この三人しかいなかった。

「いやー、でも現実味ありますねぇ、その夢」

「あ、あるわけあるか！」

「いやでも秀麗殿がお年頃なのは確かですからね。相手が静蘭でなくとも、近々そういう話がきてても全然おかしくないでしょうね。実際、秀麗殿大人気ですし」

劉輝の顔がみるみる青ざめる。

「……大人気……？」

「元気で賢く働き者で器量よし。ぜひうちの嫁にほしいと近所の方々が口々に」

ちなみにそのあとにつづく言葉は大抵決まっていて、「でも静蘭がいるからねぇ」なのだが、そこまではいわないでおく。夢見がちな青年の心をあっさり打ち砕いてはいけない。

「で、でも、余はこまめに文を送ってるし、言われたとおり贈り物もたくさん……」

「ちなみに、いちばん最近に贈ったものは？」

劉輝はフッと前髪をかき上げると、胸を張って堂々とふんぞり返った。

「藁人形(わらにんぎょう)だ」

「……そのココロは」

「霄太師が、東の諸島では有名なまじないなのだと教えてくれて藁までくれたのだ。何か手作り藁人形の腹に自分の髪を数本入れて、三晩かけて夜中に踊りながら念をこめたあと、相手に送ると熱い思いが伝わると」

そりゃ呪(のろ)いだろう、と絳攸は思った。隣の楸瑛は平然とした顔で「ほほう」などといっているが、内心爆笑寸前なのが見てとれた。肩が小刻みに震えている。

（まったく、素直すぎるのはただのアホといういい見本だな）

これで何度霄太師に騙(だま)されていることか。どうせ今回も、いつぞやの詫(わ)びに、などとしおらしい言葉で藁でも渡されてあっさり丸めこまれたに違いないのだ。全然疑いもせずにやるのだから、かの海千山千老師も陰から眺めて大笑いしていることだろう。

しかもこの王はまるで自分の行為の頓珍漢(とんちんかん)さに気づかない。いじわる霄太師(じじい)はもちろん、楸瑛も笑うだけ笑って何もいわないし、絳攸にしたってあまりにバカバカしくてわざわざ助言してやる気にもならない。

「主上は大変頑張っているとは思いますが、でも一度も返事をもらえてないんでしょう？」

途端、劉輝がしゅんと肩を落とした。心なしか判子の音も寂しげになる。

「……そうなのだ。やっぱり贈り主の名のところを『匿名希望』にしたのがまずかったのではないか。そうだ、きっと文の主が誰だかわからないのだ」

一喜一憂の言葉通り、パッと劉輝の顔が輝く。

そんなわけあるか、と臣下二人は思ったがやはり口には出さない。

「ま、何はともあれ、このままだと道は遥(はる)か遠く険しいですねぇ」

「……う、わ、わかってる」

いくら劉輝が稀代(きたい)のトンチンカン男とはいえ、このふた月、さすがに自分が前にも右にも左にも（後退しているとは考えない）、さっぱり進んでないことぐらいは、（なんとなく）理解していた。これではいけない。だからこそ劉輝は並行して別の手を打ち、実現に向けて準備を進めていた。のだが。

劉輝は手を休めると、机案の下から何やら大量の紙の束をとりだした。

「絳攸……これ、今日のぶん」

分厚い料紙を差し出された絳攸は、決裁の終わった書翰をのけて受け取り、その場で無表情に次々と目を通しはじめた。

「――これは問題外。こっちはもっとよく練り直しなさい。この文面はここから半分書き直し。何ですかこれは。あんたやる気あるんですか。これはまあ基本形を残して良し――」

『問題外』と『やる気ない』がばっさばっさと豪快に床に捨てられる。劉輝は出来の悪い答案を見られた子供のように、首を縮めて嵐が過ぎ去るのをじっと待っていた。

「――と、まあこんなところですかね。指摘したところを明日までにちゃんと直すように」

「はい」

どちらが臣下だかよくわからないこの光景も、近頃ではすっかり日常になっていた。

絳攸は最後の巻物を丸めると、やれやれといった風に劉輝を睨んだ。

「いっときますが、まだまだ及第点にはほど遠いですからね。こんなんじゃとても黄戸部尚書を納得させることはできません。何度もいいますが、あの案を今年中に通したいのなら最低限うちの上司とあのかたの賛意をとりつける必要があります。黄尚書はうちの上司

「それくらいでいいだろう、絳攸。さて、そろそろお茶にしましょうか？」

お小言の頃合いを見計らって、楸瑛が横から助け船を出した。

「一度却下された案を再度通すのは至難の業なんですよ。それでなくとも慎重を期する必要のある議案だったってのに、まったくあなたは――」

絳攸はビシバシと容赦がない。もしかして自分は王として敬われてないのかも、とこのごろ（ようやく）思いはじめた劉輝である。

「このお子様が。おかげで余計な回り道するハメになったでしょう」

説得材料の準備も根回しも整わないうちに、劉輝がいきなり切り出してしまった「国試の女人登用」案は、外見はともかく、施政では見事な合理主義で文句なしに能吏である黄戸部尚書から見事に完全無視を食らった。即刻かつ無言で朝議を退席した黄尚書は、その後もそんな案など元からなかったとばかりの態度を貫いている。反対意見を言われるどころか、てんから相手にもされなかった。黙殺というやつだ。

「……う、気持ちがはやって、つい……」

「余計な想像しない。あの人は甘くありませんよ。こないだの朝議だって、あなたが唐突にバカ発言かましたせいで、彼は無言で退席してしまったそうじゃないですか」

劉輝はぼそぼそと呟いてみたが、絳攸はとりあわなかった。

「……黄尚書が……宰相か……」

と並んで次期宰相候補といわれる人物ですから、彼の攻略は必須と思っておきなさい」

楸瑛の絶妙な合いの手も、すっかり定着しつつある。劉輝はパッと顔を輝かせた。

絳攸は仕方ないとばかりに舌打ちしつつも、最後にボソリと付け加えた。

「――主上」

「ん？」

「必ず通しますよ、あの議案」

劉輝の表情が引き締まる。「ああ」と彼は言い切った。

絳攸と楸瑛は年下の主に見られないように、微かに笑みをかわした。

＊　＊　＊

「静蘭」

夕刻――帰り支度をしていた静蘭は、耳慣れた声に振り向いた。

「これは、藍将軍に絳攸殿」

「これから帰りか。ちょうどいい。一緒しないかい？」

楸瑛と絳攸がそろって大きな風呂敷包みをかかげた。静蘭はすぐに察して頷いた。

「ああ、今日はお夕飯の日でしたね」

秀麗が後宮を辞してから、絳攸と楸瑛は時々邵可邸に顔を出しては夕餉をとるようになった。このごろはすっかり恒例になりつつある。二人とも高官位で暇ではないのだが、それでも時間をうまくやりくりして、最近では四日にいっぺんくらいの割合になっている。

今日は絳攸が先に従僕を帰らせ、静蘭が馭者をして三人で邵可邸に向かうことになった。

そろって軒宿りに向かいながら、楸瑛は世辞抜きでほくほくと楽しげな顔をした。

「秀麗殿のご飯は本当においしくてやみつきになるね。今日は何かな」

「それは、お二人の包みの中身次第ですね。えーと、絳攸殿、軒は……？」

「あれだ」

軒を見た静蘭はしばらく沈黙した。……何だか、軒にヘンなものがぶらさがっている。

「……絳攸殿、なんで鶏が逆さ吊りされてるんです。しかも生きてますねこれ……」

軒の持ち主である絳攸はあっさり答えた。

「こないだの鶏肉と葱の菜が美味かったんだ。風呂敷に葱も完備してある」

この炎天下ずっと吊されていた鶏も不運だが、生きた鶏を軒にぶらさげたまま出仕した絳攸もすごい。きっと道行く人の目をひきまくったに違いない。

「……なんかぐったりしてますけど……まあまだ生きてますし。問題ないでしょう。でもあれには生姜と山椒が必要なんです。確か今朝、山椒をきらしたと言ってたような……」

「それなら大丈夫。私の包みの方に山椒が入っているよ」

楸瑛が自分の包みをのぞくと、にやっと笑った。絳攸はフンと鼻を鳴らした。

「ほう。用意してくれたお前の家人に感謝だな」

「素直に私に礼をいったらどうだい」

静蘭は馭者台に座りながら、一見いつもどおり優しげににっこりと笑った。

「お二人がいらしてから家計がずいぶん助かっているとお嬢様も喜んでますよ。今年の春は例の件で庭院の畑に春蒔き野菜を蒔けなくて、収穫がないと青くなってましたからね」

その言葉に、絳攸と楸瑛は黙ったままそろって視線をかわした。

――秀麗の手料理をご馳走になりたいと最初に静蘭に告げたとき、まず返ってきたのが「手ぶらでいらっしゃいますか?」であった。「今年は猛暑で、お野菜が高いそうです」とも。「お嬢様はお客様がいらしたときは家計を顧みずご馳走をお出しするんですよ」とも。「教育係の報酬で霄太師から頂戴した金五百両は、お嬢様と旦那様が豪快に使ってしまったので、あまりご無理はおっしゃらないでくださいね」とも。

国でも一、二を争う名門紅家直系でありながら世渡りベタでド貧乏、もとい庶民派の紅邵可に仕える静蘭は、今は家人の立場を貫いているが、その実かつて流罪の憂き目をみたこの国の第二公子でもある。つまりは現在の王――劉輝の異母兄だったりする。世が世なら国主として立っていてもおかしくはないが、その過去を知る者はほとんどいない。絳攸と楸瑛でさえ春の一件がなければ、いまだに知ることはなかったろう。自称二十一のどこか少年めいた容姿をもちながら、武人としての腕は一流、なのに実は楸瑛や絳攸などより年上という一癖も二癖もある青年は、中身も優しげな外見通りとはいかなかった。

紅家の経済状況と最近の物価事情を語る静蘭の口調は実に何気なく、表情も笑顔のままだった。しかし、わかる者にはわかる不穏な気配を漂わせまくっていた。絳攸と楸瑛は間違いなくそのとき背筋が冷えた。「まさかいけしゃあしゃあと旦那様とお嬢様にタダ飯をたかりにくる気じゃないでしょうね？」そんな氷の声が聞こえた気がした。

彼がかつて清苑公子と呼ばれていたころ、その笑顔と穏やかな言葉の裏の裏の表を読めるかどうかが一流と二流の岐れ道だったらしいが、二人はそれを身を以て体感した。以後、二人は夕餉をご馳走になりに行くたびに、食材をもっていくようになったのである。

軒が城下におりたころ、楸瑛が思い出したように馭者台の静蘭に声をかけた。

「ところで静蘭、もしかしたら近々異動になるかもしれないから、そのつもりで」

「いやです」

にべもない。上官に対する態度ではないが、楸瑛は気にせず続けた。

「……や、羽林軍に入れっていうんじゃなくてね。臨時の仕事なんだ」

おや、と静蘭は楸瑛を振り返った。

このふた月というもの、静蘭は左右羽林軍の両大将軍から「戻ってこい！」と散々に追い回され、いい加減うんざりしていた。先だって一時羽林軍に籍を置いたのは、大切なお嬢様を護衛するために必要だったからであって、もともと出世欲のない静蘭に高位の武官職など面倒なだけだった。彼は現在の門番という職を大いに気に入っていた。だが大将軍たちに、この職場がいかに暇で楽で立ってるだけで給料もらえて定時に帰れる素敵な仕事なのか、いくらいっても理解してくれない。三日に上げずやってくる将軍たちにはほとほと辟易していたので、またぞろその話かと思ったのだが。

「……臨時の仕事、ですか？　じゃあもしかして手当が？」

「出るよ。どうだい？　話聞く気になってくれたかな？」

静蘭は顎に手を当て、軽く目を伏せるように思案した。ややあって、珍しく頷いた。

「仕事内容と期間と収入によりますね。夏本番ですし、とりあえずお話は聞きましょう」

「……？　夏が何か関係するのかい？」

「そろそろ大風が吹くころですからね」

さっぱりわからない絳攸と楸瑛に、もと公子様はきっぱりといった。

「屋根瓦が飛んで、修理代が必要になる可能性が高いですから。またお金が入り用です」

……この十数年で貧乏に慣れた公子様は、大変現実的になっていた。かつて先見の明を謳われたその聡明さは、今では目先の生活に充分以上に活用されていたのだった。


邵可邸につくと、絳攸も楸瑛ももうすっかり慣れた足取りで邸に入った。絳攸の手には死んだように動かない鶏がブラーンとまぬけな顔で下がっている。

いつものように庭院を抜けながら、楸瑛は気になっていたことを何気なく口にした。

「邸は修繕したのに、庭院は相変わらずだね。……なんなら木の苗を贈ろうか？」

緑が青々と茂っているのにどこか殺風景なのは、夏の花をつけている木がないからだ。

ボロかった邸は霄太師からもらった金五百両でだいたい修繕が終わったが、庭院はずっと手つかずのままだ。たまに庭木の手入れはしているらしく、伸び放題というわけではないのだが、夏になった今でも、この庭院で何かの花が咲いているのを見たことがない。

束の間、奇妙な間があった。だがそれは不自然に思われる一歩手前ほどの空白で、後ろの二人が静蘭の沈黙に気づくことはなかった。静蘭は作り笑いでなく、静かに微笑んだ。

「ありがとうございます。……でも多分お嬢様は…………おや？」

静蘭はふと言いかけた言葉を切った。奥からただよってくる匂いに首をかしげる。

「珍しいですね。もうご飯をつくってるなんて」

いつもは二人が持参した食材を吟味したのちに調理に取りかかるのだが。

さらに奥へ向かうと、どうも別の誰かがいるような気配もする。

次第に静蘭の顔に不審の色が浮かんでいく。

「……変ですね。来客の予定はないんですが。旦那様のお戻りもまだのはずですし」

それに来客なら、ここまで奥に通したりしない。お茶だけで夕餉まではご馳走しないだろう。時間も中途半端すぎる。静蘭は眉を寄せながら料理の匂いをたどっていくと、やはり来客用の室ではなく、普段食事をしているこぢんまりした広間についた。

「……お嬢様？　どなたかいらっしゃるんですか？」

扉を開けると、まっさきに目に入ってきた人物に静蘭は呆気にとられた。

髪のび放題、髭のび放題、なりはボロボロでむさくるしい、いかにもな不審人物が食卓で猛然とご飯をかきこんでいたのである。長すぎる前髪に隠れて男の顔はよく見えなかったが、どう見てもまともな人物でないことだけは確かだった。そのそばでせっせと飯櫃から男におかわりをよそっていた秀麗は、静蘭の声に顔を上げて笑顔になった。

「あ、静蘭。お帰りなさい。絳攸様も藍将軍もお出迎えできなくてごめんなさい」

「……お嬢様……ダレですこの人」

「え？　ああ、えーとね」

そのとき、今の今まで絳攸の手の中でぐったりしていた鶏が、隙ありとばかりに猛然とバタつきはじめた。拍子に絳攸はぎょっとして思わず手を放してしまい、まんまと逃げおおせた鶏はそのまま開いた扉から秀麗のいる広間へ飛びこんだ。静蘭は慌てて鶏を追って手を伸ばしたが——次の瞬間、何かを感じて本能的にその手をひいた。

微かに風を切る音がしたかと思うと、鶏が天井近くまで宙を舞った。

「往生際のわりーニワトリだなぁ」

耳慣れぬ声がのんびりと響く。落下してきた鶏が計ったように不審人物の左手におさまる。見ると鶏は気絶しており、男の右手にはいつのまにか長い棍が握られていた。

絳攸はもちろん、間近で見ていた秀麗も何が起こったのかさっぱりわからなかった。だが武官二人は目の前で起こったことに瞠目した。棍で鶏の足を払って宙へ投げ、滞空中に手首を返して殺さない程度に急所を打つ——その速さと正確さが尋常ではなかった。

まったく無駄のない動作をいとも簡単にやってのけた。並みの腕ではない。

強い——すぐにそれを悟った静蘭は表情を険しくした。なぜこんな男がここにいる。

「──誰です、あなた」

「え、何そんな怖い顔して。せっかくトリくんつかまえてやったのに。ほい」

男が気楽に差し出した鶏を、静蘭は厳しい顔つきのまま用心深く近寄り、受けとった。するると、男はそのまま、何やらまじまじと静蘭をのぞきこんできた。

「……あれ？　その顔、どっかで……」

「は？」

「あっ、……や、いやいやお前、もしかして『小旋風（しょうせんぷう）』……？」

途端、静蘭の顔色が変わった。即座に鶏を楸瑛のほうへ投げ渡すと同時に、男の胸ぐらをつかみあげると、問答無用で室の外へ放り出した。この間わずか三拍。

他の三人を室に置き去りにしたまま、後ろ手に勢いよく扉を閉める。二人きりになると静蘭は男の長い前髪を乱暴にかきわけた。埃（ほこり）でややざらついた感触のあと、その下から現れた左頬の十字傷に、過去の記憶が瞬く間によみがえる。

──この傷跡。それにあの棍さばき──。

静蘭の目が昏（くら）い底光りを放った。

「……お前、もしかしなくても燕青（えんせい）か」

「当たり。やっぱお前かぁ。うわーマジ久しぶりだなー」

「──なんっっで貴様がここにいる!!」

「いや、こりゃほんとに偶然なんだって。貴陽に用事があってさ、でもここんところくに食べてなくてさすがの俺も限界でな。ご飯がありそうでしかも門番がいない邸をさがして門前で行き倒れてたら、あの姫さんが拾って食べさせてくれたんだよ」

嘘だとは思わなかった。そういう男ではないことを静蘭は知っていた。しかしである。なんでよりにもよってこいつが行き倒れの場所に選んだのがここだったのか——静蘭は目眩がした。もう二度と会うことはないと思っていたのに。とっくの昔に過去の箱に放りこんで、鉄鋲でガンガン打ちつけてしっかりと蓋をしていたものを——。

静蘭は燕青を殺気立った目で睨みつけると、絶対零度の冷ややかさで言い捨てた。

「——今すぐ回れ右して出てけ、このヒゲ野郎」

「うお、なんて冷たいお言葉。姫さんはあんなにいい娘なのに」

「別の邸でまた行き倒れろ。何なら紹介状も書いてやる」

「うわーひでー」

そのとき、扉がひらいて秀麗がひょっこり顔をのぞかせた。

「静蘭？　どうしたの突然」

「いいえ、なんでもありませんよお嬢様」

静蘭は実に久しぶりに、顔面の筋力を総結集させて笑顔をつくった。

「まったく、こんなものをうかつに拾ってはだめでしょう、お嬢様。いくら道端に落ちてたからといって」

「え、だってお腹空いて今にも死にそうだっていうんだもの」

「は？　死にませんよ。ええ保証します。ですから今すぐ捨ててきましょう。今すぐに」

なんだか笑顔がいつもと違う、と秀麗は思った。笑い声も棒読みだ。

秀麗は静蘭とクマ男を見比べた。どうも静蘭の様子からは初対面とは思えないのだが。

「……えーと、でもお知り合いなんじゃないの？」

「ちが——」

「そーなんだよ。めちゃすごい偶然でお互いびっくり。いま旧交を温めてたとこでな。昔のダチなんだよなー。えーと、……静蘭？」

静蘭が否定する前に男が早口で言う。その言葉に秀麗はホッと笑った。一応見捨てておけずに拾ってしまったものの、さすがにその身なりから内心ちょっぴり不安もあった。だが静蘭の知り合いなら安心だ。身許不明のあやしい男ではなくてよかった。

「そう。すごい偶然ね。じゃ、ゆっくりしてって。もうすぐ父様も帰ってくるし、これからまたいろいろつくるから。あなた運がいいわよ。今日は四日に一度のご馳走の日なの」

「そりゃいーときに拾ってもらえたな。まだまだ入るから、遠慮なく腕をふるってくれな」

そうして静蘭が何をいうまもなく、秀麗はまた室に引っ込んでしまったのだった。

静蘭はぷるぷると震えた。

「え、燕青……お前というヤツは……」

「静蘭、か。いい名前、もらったじゃん」

にかっと燕青が笑う。悪びれない様子に静蘭は苦虫をかみつぶしたような顔をしたが、もう出てけとはいわなかった。短い沈黙の後、静蘭は小さく囁くように呟いた。

「……南老師は、お元気か」

「ん？　ああ、めちゃめちゃ元気。全然変わってないぜ。少しは血ぃ抜けよって感じ」

「……あのときは、何もいわずに出ていって悪かったな」

驚いたような間があった。

ややあって燕青は、いかにも嬉しそうに破顔した。

「……いいとこに拾われたみたいだな、静蘭。お前が幸せそうでよかったよ」

ふん、と静蘭はそっぽを向いた。

「姫さんの飯、文句なくうまいし。マジでうらやましいぜ。飯代ないけど、かわりにお前の昔話でもしてやるかなー」

燕青の最後のひと言に、室に戻りかけていた静蘭はすごい勢いで引き返した。問答無用に燕青の胸ぐらをつかみあげると、殺気混じりの目で睨んだ。

「……貴様、昔のことをちらとでもいってみろ。その首カッ飛ばしてやる」

「じょーだんだって」

楸瑛や絳攸なら効果のある氷の威圧も、燕青にはサッパリ効果がなかった。飄々と笑ってなんなくいなす燕青に昔を思い出し、静蘭はますます不機嫌な顔をしたのだった。

帰宅した邵可を加えて、その晩はずいぶんにぎやかな食卓になった。

邵可は見知らぬ珍客に目を丸くしたものの、すぐにあっさり笑顔で受け入れた。

「燕青くん、といったね。貴陽にはどのようなご用で？」

「ええ、人に会いに。会うのがちょっと難しい相手なんで、しばらく滞在するつもりです」

「身分の高いかたなら、こちらのお二人に頼めばたいがいなんとかなるんじゃないかな？　彼らは主上のおそばにお仕えしていてね、とても有能で身分の高いかたたちだから」

掛け値なしの褒め言葉に、絳攸の頬が嬉しげに一瞬緩む。

燕青は前髪に隠れがちな目を輝かせて、しげしげと若い二人を見やった。

「へぇえ。その若さで主上付きって、すごいなぁ。今の王様ってどんな人？」

「世間知らずでお子様で天然ボケの十九歳だ」

鶏をつつきながらドきっぱりと絳攸が断言する。

それではあんまりなので、一応楸瑛が補足した。

「それだけじゃないよ。うまく育てば案外大器じゃないかな？　今のところはね。真性の愚か者というわけではないから、まあ見込みはあると思うけれど。……多分ね？」

絳攸とたいして変わらない物言いに邵可は苦笑する。これが彼らなりの褒め言葉だとわかっていても、一見すればとんでもない暴言である。

けれど燕青はわかったらしい。面白そうに目が輝く。そっか、と笑う。

「尋ね人に関しては、どーしてもダメなときにはお願いしよーかなぁ。いちおう、内密の用事で来たからさ」

　軽い調子はぜんぜん内密に聞こえない。

「ところで燕青殿、茶州からきたとおっしゃっていたが、道中はいかがでした？」

　楸瑛の丁寧な口調に慣れないのか、燕青はこそばゆいとでもいうように笑った。

「道中か。あんた武官さんみたいだし、山賊盗賊のことだよな？　うん、めちゃめちゃ活発になってたぜ。この紫州にもずいぶん入りこんできてるみたいだったし」

「……やっぱり、そうか」

　楸瑛は溜息（ためいき）をつくと、ちらりと静蘭を見た。

「あの話、受けてもらいたいんだけどな、静蘭」

　ご飯をよそっていた秀麗が目をぱちくりさせた。

「何のお話ですか？　藍将軍？」

「ああ、このごろ茶州から山賊が大量に流入してるっていう話が出ていてね、それが貴陽まで及びそうだというんで、市中の警護強化および賊退治に羽林軍からも人数をさくことになったんだが、それに静蘭にも参加してもらいたいんだ」

「賊退治!?」

　秀麗と邵可は目を丸くした。次いで邵可は不思議そうに首をひねった。

「……楸瑛殿、羽林軍は宮中警護が仕事でしょう。なぜ城外警備も行うんです？」

「はあ、実はですね……この連日の猛暑にやられて官吏が次々床について出仕ができなくなっていることは、邵可様もご存じでしょう？　宮城もめっきり人が少なくなって、それで警備の規模が縮小されて、職にあぶれる武官が出てしまいまして。仕事柄体をきたえてますから、夏バテする者もあまりいないんですよ。特に羽林軍はね……。そんな軟弱者がいたら、うちの大将二人に即刻〝指導〟されますから、死んでも倒れられません」

邵可は大将軍二人の人となりを知っていたので、苦笑いするだけに留めた。

「で、体力のあまってるのをぶらぶらさせとくのも勿体ないってことで、城外警備の手伝いをすることになったんです。実地訓練も兼ねて。ちょうど茶州からやけに賊が入りこんでいるという情報が入っていて、紫州軍も対応に四苦八苦してると聞いたもので」

それまで黙っていた秀麗が、珍しく楸瑛にくってかかった。

「で、でもなんで静蘭なんですか？　静蘭はもう羽林軍でも何でもない、ただの米倉門番なんですよ？　ほかに腕の立つ人、いくらでもいるじゃないですか」

「うーん、そうなんだけど、うちの大将たちがぜひにっていってきかないんだよ。静蘭の腕にすっかり惚れ込んじゃってるからねぇ。静蘭の腕は確かだし、それに臨時だから。そうかからずに元の部署へは戻れると思うんだが……」

「でも……」

くい下がろうとした秀麗の傍らで、静蘭がふと思いついたようにいった。

「藍将軍、私じゃなくて、この男はどうです」

指をさされ、せっせとご飯を食べていた燕青は手を止めた。

「え」

「この男なら腕は立ちますし体力も底なしですし、暑さでへばるようなかわいげもありませんし、お買い得ですよ。ばんばん使ってやってください」

「ええーちょっとちょっと俺にも用事がさー」

文句をいうものの、口ほど嫌がってる風ではない。楸瑛は困ったように燕青に目をやった。正直、彼の方が山賊のようである、とは育ちのいい楸瑛は言えなかった。

「うーん、そりゃ人手が増えるのは助かるけど……でも大将たちは君にっていってるから、彼が入ってくれても君への勧誘はやまないと思うよ」

「……そうですか。わかりました」

静蘭の決断は早かった。にっこり笑って秀麗を見る。

「大丈夫ですよ。ひと月まるまるいなくなるわけじゃありませんし、なるべく夕飯までに帰ってくるようにします。適当に手を抜いてやってきますし、危なくなったら近くの人を楯にして逃げますし、それに日当金五両でかなりの臨時収入になりますよ」

さらりと言われた言葉に、楸瑛は茶を吹きそうになった。後半全部なにげにとんでもないが、なかでもとんでもないのが日当の額だった。

「金五両!?」

軒の中で彼が提示した額からいきなり二十倍にも跳ねあがっている。

「でなければやりませんよ」

にっこり。

正体がバレてから、静蘭は時折本性を見せるようになったと楸瑛は思う。

「……わ、わかった。無理をいっているのはこちらのほうだし。上にかけあってみよう」

一方、お金のためなら多少の理性はふっとばす秀麗であるが、この日は違った。日に金五両というおいしすぎる話を聞いてさえ、あまり色よい反応を示さなかった。

曇り顔のままの秀麗に、静蘭は笑ってみせた。

「私のかわりに燕青を置いていきますから」

いきなりのご指名に、頬に飯粒をくっつけたままの燕青はまたしてもぽかんとした。

「へ？」

「お前のことだ。どうせ貴陽の滞在先も決まってないんだろう。宿賃がわりだ。私のかわりにお嬢様と旦那（だんな）様の傍にいろ。ひと月くらいならなんとでもなるだろう？　文句あるか」

楸瑛は内心かなり驚いた。まさかあの静蘭が、邵可と秀麗を他の誰かに任せるなんて。相当な信頼のしようだ。本当に、いったいどんな関係なのか。

対する燕青は滅多にない静蘭の言葉にも別段驚いた風もなく、にかっと笑った。

「ない。実はいつ切り出そうかと迷ってたんだよ。居候。いやー文無しでさー」

「……お嬢様、こいつは外見からしてあやしすぎる男ですが、とりあえず人間は保証します。何かの役には立ちますし、嫌がる私をむりやり引き抜きたいとおっしゃる藍将軍が、この男のぶんの滞在費もご自分の懐から出してくださいますから、家計にも響きません」

楸瑛はさらにぎょっとした。――なんだその滞在費というのは！

声を上げる前に、やや顔を明るくした秀麗にたたみかけられた。

「ほんとですか？　藍将軍。そんな、助かります」

「え、その……いや、いいんだよ」

楸瑛は頬を引きつらせつつもそういうしかなかった。なんと静蘭を借りるだけで思いもかけぬ出費の連続である。お金持ちの楸瑛にとっては微々たる金額であるが、問題はいつも丸めこむ側の自分が丸めこまれているという事実だ。

「……さすがだな。お前相手に次々先手を打ってくる。見事なもんだ」

絳攸が感心したように呟いた。公子一優秀と謳われた理由の一端をかいま見た感じだ。

「あの甘ちゃん王に足りないのはこういうところなんだ。ちっとは見習わせないとな！」

しかし、先ほどから秀麗の様子がおかしい。絳攸はちらりと浮かない横顔を見やった。

(金に反応しないとは……何かあったのか？)

楸瑛もそう思ったようである。

「秀麗殿、何か元気がないね。どうしたのかな？　しおれた花のようで、とても気になるね。何か悩み事でも？」

「え？　い、いえ、別に」

「静蘭なら、本当に心配ないよ。正直、羽林軍でも彼に勝てるのは五人といないと思う」

「あ、ええ……」

秀麗はどこかむりやりな笑みを浮かべた。楸瑛はわずかに首を傾けた。

「……もしお金の問題なら、いくらだってあげるよ。秀麗殿にならね」

霄太師からもぎとった金五百両は、邸(やしき)の修繕と道寺(てら)塾の整備、米の備蓄、そして本代にあっというまに費やされてしまい、今ではすっかり元の生活に逆戻りしていた。以前と違うところといえば、雨漏りがなくなったことと麦飯から米に変わったことぐらいである。

「いえ！　そんなんじゃありません。本当になんでもないんです」

「……もしかして、主…あの人が最近贈ったっていう藁人形(わらにんぎょう)が原因？　確かに抜きんでて突拍子もない贈り物だけど、彼に悪気はなかったんだよ。ちょっと変な勘違いしてて」

客人をはばかって、とっさに贈り主の名を伏せた楸瑛に、秀麗の顔が引きつった。思い出してしまった、という顔である。どうやら今の今まで記憶の彼方(かなた)に葬っていたらしい。

「……藍将軍……ちょっとなんとかならないんですかあの人……」

「まああ。寂しい彼のココロの慰めと思って」

絳攸も秀麗に話があったのだが、妙に不安定な彼女に切り出そうかどうか迷う。だが、この件はなるべく早く話したかった。それにもし絳攸の考え通りなら――。

「――秀麗、少しいいか」

「はい？　なんですか、絳攸様。おかわりですか？」

「……じゃ、もう一膳(ぜん)頼む。それと、ちょっと頼みたいことがあるんだが……」

ご飯をよそいながら、秀麗は首をかしげた。

「ひと月ほど朝廷で働く気はないか。後宮じゃない——外朝で」

絳攸はもったいぶらなかった。

「なんでしょう？」

＊　＊　＊

劉輝は遅くまで執務室におり、机案（つくえ）で一人うんうんうなっていた。

何事か書き記したりバツ印をつけたりして料紙とにらめっこしていた彼は、室（へや）に入ってきた者の気配に気づかなかった。

「ふふふ、悩んでおるようじゃのう、若人（わこうど）よ」

突然の老臣の声に、劉輝はむっと顔を上げた。

前王の時代は名宰相として辣腕（らつわん）をふるい、今は朝廷百官の長（おさ）として色濃く影響力を残す霄太師は、とぼけたじじいを装う一方でひどく酷薄な一面もあわせもつ。それを知る数少ない一人である劉輝も、今まで何回か痛い目を見てきた。特に前回はひどく、真面目に土に埋めてやろうかとも思ったが、なんだか埋めてもひょっこり出てきそうなのでやめにした。というより——悔しいが——彼が今いなくなるのは痛かった。それに彼の冷酷さが発揮される条件は限られているので、自分がしっかり目を光らせていればいいと決めていた。

しかしくそじじいと思う気持ちはまったく変わらない。うっかり口に出しかける。

「くそじ……霄太師。なんでこんな時間までふらふらしてる」

「ふ……この城はわしの家のようなものですぞ」

「……余の家だ」

「過ごした時間はわしのほうが遥(はる)かに長いですじゃ。ほうほう、新国試案の草稿か」

霄太師はちょっとのぞきこんだだけでズバリ当てた。そしてわざとらしく首を横に振る。

「はぁあ、これが不純な動機からきたものでなければ、素直に賛辞を送るのじゃがのう」

「う、うるさいっ」

「朝議で唐突に発言して黄戸部尚書(こぶしょうしょ)から見事な無視を食らったそうですの。ずいぶん焦っておるようじゃが、まーさーか、今度の会試に間に合わせようと思うとるのですかのう」

「……じ、じじいはおとなしく邸に引っ込んで隠居生活してろ。だいたいこの猛暑でなんでそんなに元気なんだ。若手だって次々ぶっ倒れてるっていうのに……お前もたまには普通のじじいらしくぶっ倒れてみたらどうなんだ。桃くらいなら送ってやる」

しかしその程度で撃退できるじじいではない。霄太師は大仰によよよと泣き崩れた。

「おお、これほどまでに有能で、しかも誠心誠意国家のために尽くしてきた老臣を邪険になさるとは。何か主上の御為になればと老骨にむち打ってここまできたけなげなじじいを。はぁ、秀麗殿のところに行って愚痴でもこぼしてこようかのう」

「わああ、ちょ、ちょっと待て！　くそっ、そんなことしてみろ……」

「なんですかのう？　また秀麗殿に愚痴るネタを一つ増やしてくださるのですかのう」

「くっ……こ、この」

結局、劉輝はこうやって手のひらの上で転がされ、いいように遊ばれているのであった。

ふと、劉輝は霄太師が小脇に抱えている壺に気づいて視線を落とした。片手で抱えられるくらいの壺だ。模様などはなく、ただ素っ気ない茶色がつるつると輝いている。

何だか妙だ、と劉輝は思ったが、どこが妙だかよくわからない。

「……なんだ、その瓶は」

すると霄太師はわずかに沈黙した。そしていつも通りの飄々とした口調で答える。

「これですかの？　これは……東方諸島の名産、梅干しといって、青梅の干したのをよく漬け込んだものですじゃ。旧い知り合いが送ってきましての」

梅干しの存在は劉輝も知っている。

「……ふーん。梅干しか。それは珍しいな」

「ははは。欲しいとおっしゃってもあげませんぞ。これは大変貴重なものですのでな！」

劉輝の目が半眼になる。なんだろう、この奇妙な反応は。つねに泰然と構える老太師のいつになく慌てた口調は、それが本当に貴重な梅干しだからか。それとも。

「では、わしはこれで失礼いたす」

劉輝の視線から隠すように壺を抱えて、霄太師はそそくさと早足で室を出て行った。

パタン、と扉が閉まると、劉輝はふたたび一人になった。

ふと、寂しさが胸に忍びよる。

近ごろよく襲われるようになったこの感覚を、劉輝は不思議な思いで味わっていた。独りで過ごしていた幼いころ、そして邵可と宋将軍がいればいいと思っていたころ——こんな感覚が自分の中にあっただろうか、と考えるのだ。

似たような感情はあったように思う。でも、決して同じではない。

劉輝は懐からそっと一枚の手巾を取り出した。きちんとたたまれたそれには、手縫いで桜模様がきれいに刺繍されている。見ていると、病気でもないのに胸がじわりとしめつけられるように痛む。不快ではないのに、なぜか耐えるのがつらい痛みだ。

寂しいと思うのは、本当は一人ではないからだ。いてほしいと思う人がそばにいないことに気づいてしまうから。

それはとても贅沢で、幸せなことだと今はわかる。

今までの彼には、そばにいて当然と思える人がいなかった。邵可にしても、宋太傅にしても、彼らにとって自分は絶対に必要な存在ではなかった。二人が優しかったから、そばにいさせてくれただけだ。それを知っていたから、いつも不安だった。

秀麗とすごして、ようやくわかった。自分には「努力」が足りなかったのだと。

誰かの優しさに甘え、しがみついているだけでなく。誰かに必要とされ、好かれたいのなら、そのための努力をしなくてはならなかったのだ。

たぶん、自分も遥か昔は何がしかの努力はしていたように思う。けれど頑張っても、そばにいてほしい人は、いつも指の間からすり抜けた。幼かった自分は求めることに疲れ果て、邵可と出会ったころにはもはや努力の仕方さえ忘れていた。

手巾の桜模様をそっとなぞる。

「いい王になってほしい」と秀麗はいった。だからそういう王になれたらいいと思った。見返りを求めて努力するのではないけれど、頑張れば大切なものが自然と手のひらの上に落ちてくる。劉輝は秀麗にそれを教えてもらった。

あれほど嫌悪した闇さえも怖くはなくなった。それでも一人で眠るのはやはり寂しい。いてほしい人がいない。その人でなければ意味がない。

自分は案外気が長いほうだと思う。待つ自信もある。それでも。

劉輝は桜の刺繍に口づけを落とした。きれいにたたんで懐にしまおうとして——ふとまじまじと手巾を見やる。

「……そうだ」

劉輝は何かを思いついたようにひとつ頷いた。

「今度の『贈り物』はこれにしよう」

すぐに探させよう——そう呟くと、彼は笑った。

そして筆を取ると、また草稿と向かい合ったのだった。

第二章　不思議いっぱいの外朝

――城では、ある噂が急速に広まっていた。

曰く。

『霄太師が、東方諸島の特産で夏バテのさい食欲増進にいいという〝梅干し〟、そのなかでも最高の効能をもつという〝超梅干し〟をひそかに所有しているらしい。それを口に含むと、猛暑にやられた死者までもがたちどころに大復活するとかしないとか』

あまりにもアヤしすぎる噂である。

しかし噂の出所が珍しく高官のほうからということと、所有者が朝廷百官の長、霄太師ということ、そして実際、それらしき壺を小脇に抱えている霄太師本人の姿が見かけられていたことで、その噂は妙な真実味を帯びてしまった。

しかも今年の猛暑は見事に朝廷中枢を直撃していた。運動不足で体力のない文官から次々と暑さに倒れていき、すでに冗談ではすまない域に入ってしまっていた。

そこで藁にもすがる思いで噂に飛びつく者が急増した。〝超梅干し〟などという名称からして得体の知れないものも、暑さで頭の中身が飛びかけていた官吏たちにはすばらしい特効薬に思えたのである。

結果、倒れた家族や友人を抱える官吏たちが目の色を変えて〝超梅干し〟に殺到した。

仰天したのは霄太師である。「どうか〝超梅干し〟を譲ってください！」「家内と娘が倒れたんです」「私にはもう〝超梅干し〟に頼るしか」「お願いします私は母一人子一人でぇえ」などと、血走った目の官吏たちが亡者のごとくしがみついてきたのだ。

「そ、そんなものはもっとらん！　誰じゃそんな根も葉もない噂を流したのは！」

霄太師が怒っても、もはやそれは特効薬を独り占めする言葉にしか聞こえなかった。

だいたい、そうやって怒鳴っている最中も、霄太師は壺を絶対に手放さないのだ。どんなに頼んでも中身を見せてもくれなかった。おかげで余計に噂の真実味が増した。

そうして霄太師は、殺気だった官吏たちに朝廷中追っかけられるハメになったのである。

＊　　＊　　＊

「ふん、いい気味だ」

劉輝は書翰(しょかん)に署名をしていきながら、鼻で笑った。

「あのくそじじいも少しは困ればいいんだ。ざまーみろ」

――誰あろう〝超梅干し〟の噂を流したのは劉輝であった。

いつも自分をいじめるお返しにちょっと困らせてやろうと思ったのだが、思いがけなくイイところをついていたらしい。これはもうけた。

「……うわー、すっかりさされくれだってきたねぇ」

傍で見ていた楸瑛が絳攸に囁いた。

「なんか、禁断症状がでてきたって感じだね。あれはそろそろ危険かな」

「まったく、たかが女一人に会えないからってなんだ！　情けない」

「いやいや初恋の根深さをバカにしてはいけないよ、絳攸。でもああいう一面を見ると、確かに某兄公子と血がつながってるなぁと思うよね」

「……そうだな」

「しかも同じ城内に特効薬がうろうろしてることを知らないでふてくされてるんだから、可哀想というか哀れというか面白いというか」

「――言うなよ。ややこしいことになるのは秀麗も望んでない」

楸瑛の顔つきからして、その感情構成比率は一対一対八くらいだろう。

「はいはいわかってるよ。そういうところのけじめのつけかたも彼女らしいね。でも、意外だったね。日当の額を告げる前に引き受けてくれるなんて」

「そうか？　俺は別に意外でも何でもなかったが」

曇っていた顔がみるみる晴れた。それは傍目にもはっきりと、驚くほどの変わりようで。具体的な仕事や報酬を口にする前に、彼女はきっぱりといった。

『――やります。やらせてください』

その迷いのない表情を思いだし、絳攸は自然と微笑した。

「そうでなくてはな」

「……まったく、秀麗殿に対する君を見てると、女性嫌いってことを忘れそうになるね」

「女と見てないからな。弟子みたいなもんだ」

「弟子ねぇ」

くすくすと楸瑛は笑った。

「で、君のかわいいお弟子さんの働きぶりはどう？」

「愚痴一ついわずに頑張ってくれて本当に助かると、景侍郎から礼をいわれた。まあ、今まで彼以外、黄尚書のそばで三日ともったやつはいなかったからな。一緒にくっついてった燕青殿も武官じゃないとわかった途端、遠慮なくこき使われているらしい」

秀麗と燕青がわたわたとこき使われている様を思い浮かべ、楸瑛は吹きだした。

「しかし君もすごいこと考えつくね。人手の足りない戸部に、しかも黄尚書の雑用係として秀麗殿を放りこむなんて。前は貴妃、今度は男の子のふりして侍僮の真似事なんて、いやー充実した人生を送ってるね。黄尚書付きじゃ、さぞかしこき使われてるだろうねぇ」

楸瑛は戸部とその長官である黄尚書の諸々の話を思い浮かべた。

「この上なく有能であるがこの上なく変人——そのあまりの奇っ怪ぶり、かつ人使いの荒さに高位の官になればなるほど退官を望む者が増加していくという魔の戸部。そしてすべてが謎に包まれてる黄戸部尚書——か」

ちらりと、ふてくされた顔でやけくそのように料紙に落書きしている王を見やる。

「秀麗殿、今年は人生最大の厄年なのかもしれないね」

＊　＊　＊

「――次、この書翰を日付順に並べろ。あそこの棚三つは片づけていい。そこの書翰入れからこの十本の巻書を探して早急に机案(つくえ)脇に並べておけ。向こうに積んだ料紙は全部捨てろ。府庫に行ってこれとこれとこれを三冊借りてきてこっちの五冊を返してこい。ついでに鴻臚寺(こうろじ)へ行ってこの書翰を届けろ。その際長官に『こんなふざけた見積もり出すとは頭腐ってるのか貴様は』と一言一句違(たが)えずに伝えてこい。――以上」

くぐもった声で一息に指示されて、秀麗は内心盛大に顔を引きつらせながら、それをまったく面に出すことなくぺこりと頭を下げた。

ここで働きはじめてはや十日、もうこれしきのことでは驚かなくなっていた。

景侍郎がすまなそうにちらちら秀麗を見やるが、彼のほうも盛大に仕事が積み重なっていてその処理に追われていた。ちなみに燕青も「立ってる者ならクマでも使え」とばかりに仕事を大量に任され、全然関係ないのにあっちこっちに飛び回らされていた。

まさしく、黄尚書は秀麗が今まで働いてきたなかでも最高級に人使いの荒い主人だった。ほんの少しだって暇にさせてくれないのだ。次から次へと仕事がわいてくる。

（……でも、すごい人だわ。いろんな意味で）

秀麗はいわれた仕事をはじめながら、しみじみそう思う。机案で膨大な量の書翰を処理していく黄尚書。彼は秀麗に指示を出すときも一度として顔を上げなかった。書翰を処理しながらあれだけのことを整然といってのけるのだから、並はずれて頭が良いのだ。

（仕事の采配も本当にお見事）

あちこちで多くの賃仕事をやってきた秀麗は、雇用主としての黄尚書の能力の高さを正確に理解していた。彼はすぐに個々人の能力を見抜き、それに見合った仕事を的確にふりわけていく。厳しいように見えるが、絶対にできないことはいわない。相手が全力で働けばこなせる量をキッカリ任せている。だがその見極めが非常にぎりぎりの線なので、使われるほうはこき使われてると思ってしまうのだ。むちゃくちゃだと思っても、一生懸命働いてみたらなんとかできてしまった——そういう仕事のふりわけをするのである。

確かに、高官になるほど辞職願いを出す人が多くなるという絳攸の言葉も納得できる。朝廷の高官にまでなる人が、ここまでこき使われることなどほとんどないだろう。今までゆったり構えて指示を出していたのが、いきなりあちこちを全速力で駆け回るハメになるのだ。自尊心の高い人ならなおさらぷっつんといっても無理はあるまい。

（……しかも、相手がこの人だし）

この人にこき使われるのと霄太師などにこき使われるのとでは、おそらく配下の精神状態に大きな差がでるに違いない。

正直、秀麗も最初に会ったとき、しばらく何をいっていいかわからなかった。

（……私の今までの人生で一、二を争うヘンな人なのは確かだわ）

秀麗は十日前のことを思い返してつくづくとそう思った。


「こ、戸部尚書の雑用係!?」

仕事内容を告げられた秀麗は飛び上がった。

「ちょ、ちょちょちょっと待ってください！　そんな重要なお仕事」

「心配するな。政事に関わるような重要なものではない。本当に単なる雑用だ。書類を各省に届けたり、書翰の整理をしたりといったものだ」

「はあ……まあ、それなら……。で、格好はやっぱり……？」

「ああ。侍僮の格好をしてもらう」

絳攸は上から下まで秀麗を眺めた。そして表情一つ変えずに頷いた。

「心配するな。女とは絶対気づかれない」

――秀麗は抗議するべきか落ち込むべきか激しく迷った。

そして悲しいことに、髪の結い方を変え、男物の衣服を身に着けた秀麗は、どこからどう見てもかわいらしい少年にしか見えなかった。出るべきところも引っ込むべきところも、年の割には未発達だったためにできた荒技と思うと、ますます情けない気持ちになる。

「……それで、戸部尚書ってどんなかたなんですか？」

急遽侍僮の格好に仕立てられた秀麗は、頭一つぶん背の高い絳攸のあとをてくてくとついていった。うしろには形だけはきちんと整えさせた髭もじゃ燕青が、長い棍片手に物珍しげにあちこちを眺めまわしている。静蘭は絳攸の案に反対はしなかったが、男のみの外朝に秀麗を一人で放りこむのには難色を示し、渋る絳攸を押し切ってむりやり燕青をくっつけさせたのだ。邵可もさすがに一抹の不安があったようで、静蘭をさりげなく援護したことも大きい。とはいえ当の燕青は出仕は承知しても、頑として髪も髭も切らなかった。

おかしなデコボコ二人組を従えて、絳攸は秀麗の質問にどう答えようかしばし迷った。

「そうだな……簡潔に言えば有能、変人、謎な人だ」

「……は？」

「有能さは誰もが認めるところだ。うちの上司と並んで未来の宰相候補とまでいわれてる。実力、才能とも本物だ。少人数ながら見事に戸部を指揮統率し、彼が尚書となってからずいぶん経済的に助かっている」

「……うちは戸部さんが禄を規定どおりにくれないせいでずいぶん苦労しましたけれど」

「それは多分、前の尚書だろうな。前任者はかなりいい加減で、おかげで国庫に穴があきかけてたそうだ。それを見事に立て直したのが黄尚書だ。ちなみに前任者はその懐が国庫と反比例してふくらんでたためクビになった。で、黄尚書に切り替わったとき、前任者の書翰がそのまま黄尚書に受け継がれて、邵可様がなんの文句もいわなかったことから維持されてしまったんだろう。少ないとはいえ、ちゃんと一定の禄が支払われていたはずだが」

「……そういえば」

年々下降していた禄だが、考えてみればある時から平行線になった。下降が止まったと秀麗は単純に小躍りして喜んだものだが、そういう事情があったのか。

「名前は黄奇人。黄家の人間だ。性別・男。年齢、顔、声ともに不詳だ」

「…………………は？　い、今なんておっしゃいました？」

「黄奇人。黄家の人間。性別・男。年齢、顔、声ともに不詳」

絳攸はいたって淡々と繰り返した。秀麗はどこからつっこむべきか悩んだ。辺りを眺めながら耳半分で聞いていた燕青も、その突拍子もない情報に思わず振り返った。

「……えーと、キジンて、もしかしてあの奇人ですか？　ヘンな人っていう意味の」

「そうだ。よくわかったな」

「……冗談でいったんですけど」

「まぎれもなく事実だ。ただし、本名は別にあるらしいな。うちの上司に聞いたところによると、周りに奇人変人といわれつづけたため、ある日そんなら名前にしてやると、奇人と改名したそうだ。以後、署名でも判でも名を名乗るときでもすべて黄奇人で通してるから、今では彼の本名を覚えている者はほとんどいないそうだ。俺も知らん」

その話からしてすでに相当ヘンである。これ以上訊くのも怖かったが、一応期限付きとはいえ主人になる人だ。秀麗はおそるおそるつづきを訊いてみた。

「……で、年齢、顔、声ともに不詳ってなんですか。ありえないじゃないですかそんなの」

絳攸は顎に手をやったが、ややあって首を振った。

「説明するより、実際会ったほうが早いだろう。会えばわかる」

「……？？？」

「へぇええ。なんか朝廷っておもしれー人がいるんだなぁ。で、李侍郎さん」

おとなしくくっついていた燕青がにかっと笑って訊いた。

「四半刻で戸部につくっていう話だったけど、そろそろ一刻になるぜ。まだつかねーの？」

——その日、絳攸の超絶方向音痴を知る者が二人増えたのは、いうまでもなかった。

そして意地っ張りな道案内役のおかげで、不幸にも秀麗たちは約束の時間に大幅に遅れ、黄尚書からこのうえなく冷ややかに迎えられることになったのであった。

「時間に遅れるなど問題外だ。今すぐ帰るがいい」

話は終わったとばかりにきびすを返す黄尚書を、秀麗は啞然として見つめた。必死でとりなす景侍郎と絳攸などすでに視界の外である。なにしろ。

（……こりゃ確かに変人だわ）

——彼は仮面をかぶっていた。

「そりゃー、確かに年齢、顔、声ともに不詳だわね」

秀麗は鴻臚寺に書翰を届け、府庫で父から本を預かり、戸部への道をてくてく歩いていた。隣ではやはり燕青が何十本もの巻物を両手に軽々と抱えている。

「黄尚書が人前で仮面を外すことは絶対ないらしいぜ。いつ頃からかはわからんけど気づいたらなんかかぶってて、誰もつっこめないままうやむやに時が過ぎて、今じゃ六部の長の一人っていう高位とあいまって誰も仮面を外せなんていえなくなっちまったんだとさ」

「……つっこめない気持ちもわかるけど……にしたってどうなのそれ……」

仮面は少なくとも十年前から着けているのは確かなようで、以来彼は謎の人となった。

確なところは不明。もちろん仮面をかぶる前の彼を知る者もちゃんといるのだが、彼の姿仮面着用以後の官吏たちにとっては彼の年齢も顔も不詳で、声も仮面でこもるため、正に関しては何故か絶対口をひらかないというのだ。誰もが一様に黙して語らずを貫き、おかげで今や、彼の素顔に言及することは朝廷全体で禁忌となっているらしい。

「……私このごろ気づいちゃったんだけど、あの仮面、実は毎日違うわよね……」

「あ、俺の気のせいじゃなかったんだな。なんか微妙に模様とか違うよな。いくつもってんだろうな、あのテのヘンな仮面」

こと実害がない限り、他人の趣味には寛容な秀麗だが、これに関しては好奇心がうずく。

「……なんで仮面かぶってんのかしら」

深遠なる謎だと思っていたが、燕青はあっさりと答えた。

「なんか、顔のせいで女に振られたらしいぜ」

「えぇ!?」

「や、俺も聞いた話だけどな。でもいまだに独身ってのは確かみたいだな」

いつのまに燕青がどこぞでこんなに情報をつかんでいたのかも驚きだったが、それ以上に話の中身のほうが驚きだった。秀麗は一気に黄尚書に同情した。

「えぇ……そ、それはかわいそう。だって顔はどうしようもないじゃないの。顔を理由に振る女も女よ」

秀麗は黄尚書の仮面を思い浮かべた。そうだったのか。あの仮面は趣味でもなんでもなく、世にも恐ろしいご面相を隠すためだったのか……。でもでも。人間、顔じゃないわ。

「黄尚書、人使い荒いけど多分悪い人じゃないし、頭いいし、地位もお金もあって、奥さんになったら今頃左団扇(ひだりうちわ)じゃないの」

「……最後が本音だろ」

「なんですって。お金は大事よ!」

からからと燕青が笑う。彼の眼差(まなざ)しは温かみのあるもので、会って十日ほどだったが、なぜかすんなり傍に馴染(なじ)み、秀麗はなんだか歳の離れた兄をもったような気分だった。

「でも姫さん、よく頑張るなぁ。楽しい?」

「うん」

秀麗はいたずらっぽく燕青を見上げた。

「燕青だって、あっちこっち飛び回らされてるけど、ちっともイヤそうじゃないわね」

「んー俺、昔準試受けようとしたことあるからな」

秀麗は目を見ひらいた。国試は国の中枢機関に仕官するための試験だが、準試は地方勤め、つまり各州の官吏になるための登用試験だ。受かったら大概その州府で一生勤める。

「州官になりたかったの？　しかも文官？」

いつも歯切れのいい燕青の顔が、束の間、困ったように曖昧になった。

「うん、まあ」

「受けるの、やめちゃったの？」

「いろいろあって、結局な」

「今からでも、頑張ればいいのに」

奇妙な沈黙が落ちた。その沈黙が何を意味するのか、秀麗にはわからなかった。

ぽつりと呟いた秀麗の頭を、何を思ったのか燕青はポンと叩いた。

「……そうだな。俺もそー思った。俺も姫さんと一緒に勉強しようかな」

四日にいっぺんの夕餉のあと、秀麗は絳攸に師事して勉強を教わっていた。後宮を辞した後、ダメもとでいってみたのだが、絳攸は予想以上にしっかり、かつビシバシとやってくれた。今では夕餉のついでどころか、勉学のついでが夕餉と思えるほどだ。

絳攸は学問をしてどうするとも言わなかったし、何の意味があるとも訊かなかった。……それが、秀麗には嬉しかった。訊かれても、本当のところ、今の秀麗にも答えられなかった。でも、まだ、無意味だと思いたくはなくて。顔を上げれば、青い昊が目に沁みた。

「……絳攸様、めちゃめちゃ厳しいわよ。山のように宿題出すもの」

「ははあ、姫さんの室（へや）、いつも遅くまで明かりついてるのってその宿題のせいか」

「あら、見てたの？」

「静蘭から用心棒仰せつかってますからな」

「昼間だけでしょ。……静蘭、今日も無事で帰ってくるといいんだけど」

「あいつなら大丈夫だろ」

　さらりという燕青を、上目遣いに見やる。燕青みたいな男と静蘭が知り合いだったのは少し意外だった。どういう関係なのかは聞いてないが、親しそうなのはわかる。会ってまもないのに邵可邸にしっくりととけこみ、秀麗自身も不思議に思うくらいまるで警戒心を抱かないのは、本当は静蘭の燕青に対する態度を見ているからだろうと思う。

　静蘭は物腰はやわらかいが、人と一定の距離を置く癖がある。誰かを受け入れるのは滅多になく、ここまで静蘭の垣根のない相手は恐らく燕青が初めてだ。だから安心する。

（よかった……）

　その線を越えるような友人が静蘭にいたことが、秀麗には嬉しかった。

＊　　＊　　＊

「……またか」

宋太傅(そうたいふ)はまとめて縛りあげられている男たちを見て眉をひそめた。

「これも茶州でお尋ね者になっている賊だなぁ」

右羽林軍を束ねる白(はく)大将軍が、まわってきている手配書を確認して渋面になる。

城下の警護強化に当たり始めた羽林軍と宋太傅だったが、ここ数日、先回りして賊をとっつかまえてくれる親切な何者かがいるらしく、毎朝必ずどこかの路地裏でこんな風に縛りあげられている男たちを発見する日がつづいている。

「俺らの手間が省けて嬉しいっつーのはあるんだが……なんか、こう」

「つまらん」

宋太傅はきっぱりといった。その眉間(みけん)には青筋が浮かんでいる。

「人の楽しみを邪魔するのはどこのどいつだ」

「そう！　そーなんですよ！　せっかく燃えてたのにまったくふてぇ野郎だ。余計なことしやがってどこのどいつだくらぁ！　って文句の一つもいいてぇっつーか」

品位に欠けた口調で意気投合する二人とは対照的に、静蘭はかなり冷めていた。

もともと賊退治なんて彼にはどうでもいいことだったし、それに少しばかり後悔してもいた。やはり、こんな役目は燕青にでも押しつけて、自分は何が何でもお嬢様のそばにいればよかったと思う。

夜の団欒(だんらん)のひととき、秀麗は朝廷でのことを毎日生き生きと話す。それを見るのはとても嬉しかったが、相づちを打つのが自分でなく燕青というのが少し面白くなかった。

本来自分がいるはずの位置を、他の誰かにとられているというのは存外イヤな気分だった。ムッとするというか、妙に腹立たしいというか、心のどこかがいつもそわそわして、落ち着かない。劉輝の時はこんなことなどなかったのだが。それでも相手が燕青なので、このくらいのモヤモヤですんでいることも——余計腹が立つが——わかっているのだが。

いろいろと思いをめぐらす自分に気づいて、静蘭は苦笑した。

（……私もずいぶん、『人並み』になったものだ）

不意に、照りつけていた日差しが翳った。

見上げると、昊が急速に薄暗くなりつつあった。遠雷の音が微かに耳に届く。

「っと、こりゃ一雨くるぞ」

白大将軍がどこかの軒下でも借りようと首をめぐらす。

どんどん育っていく黒い雲から、ポツリと雫が落ちてきた。次いで、瞬く間に桶をひっくり返したような大雨になる。

昊が光る。目も眩むような一瞬の閃光。そして、轟音——。

「静蘭！　何ボケッと突っ立ってやがるっ!!　カミナリ様にぶっ殺されてぇのかッ!!」

ぐいと肩をひかれ、静蘭ははっと顔を上げた。

「……白大将軍……」

「おら来い！　これぇとむりやり右羽林軍に籍入れるぞ」

「あ、行きます」

「うわ、かわいくねーやつ。右羽林軍に入りてぇってやつぁ山ほどいんのによぉ」

「じゃ、そのかたたちに譲ります」

叩きつけるような雨粒にはりついた前髪をかきあげながら、静蘭はスタスタと歩き出した。ここまで濡れてしまってはもはや急いでも無意味である。白大将軍もそう思ったのか、たいして急かさずうしろをくっついてきた。

「けっ、それっくらいであきらめると思ってんのかぁ？　いーから一回俺と飲み明かそうぜ。したら次の日には俺の軍に入りたくってしょーがなくなるからよ」

「結構です」

「あ、まさか燿世のやつに惑わされてンじゃねーだろな。よせよせあんな年にひと言しゃべるかどーかわかんねぇような男。てんでつまんねーぜ。俺んとこなら損はさせねぇ」

近衛である羽林軍は左右両軍にわかれており、左羽林軍の大将軍で楸瑛の上官にあたるのが黒燿世だった。対して右羽林軍大将軍がこの白雷炎である。もともと七家でも白家と黒家は代々武将の家柄で、文官より武官を多く輩出しているので有名だった。おかげでこの二家はことあるごとにヘンな対抗意識を燃やし、それを反映するかのように現両羽林軍の大将軍たちの性格も正反対で、ほとんど口をひらかない黒燿世と豪快な白雷炎は何かというとすぐに剣を抜いて配下の者たちに迷惑をかけていた。もっとも左羽林軍に一時在籍していた静蘭から見れば、二人の関係は「喧嘩するほど仲がいい」というもので、中身も似た者同士だと思っている。

「左羽林軍にも右羽林軍にも入る予定はありません」

一向に陥落する気配のない静蘭に、白大将軍が舌打ちする。

「まったく、その腕で米倉番人なんぞに埋もれてるのを見過ごせるかよ」

「見過ごしてください。私はこれで幸せなんです。昔よりずっとね」

静蘭のいう「昔」がどこに当たるのかを悟って白大将軍は押し黙る。彼は無論王家の剣筋を知っている。静蘭の素地になっている剣筋に気づかぬわけがなかった。羽林軍が精鋭であればこそ、気づかれる可能性は高い。だからこそ静蘭は入軍を断りつづけてきた。

けれどそれを知ったうえで、両大将軍も勧誘しているのだ。

「……ちっ、また明日勧誘し直しかよ。早く落ちろっての」

「白大将軍」

「んん?」

「その髭、剃ったらどうです。全然似合ってませんよ。昔から童顔でしたけど、髭生やしたくらいでは隠せません。あきらめて受け入れたらどうですか」

ぴしっと白大将軍のこめかみに青筋が浮かびあがった。いちばん気にしていることをこのクソガキ――。土砂降りに負けないくらいの大声で彼は叫んだ。

「……てめぇにだけはいわれたかねぇっっっ!! 堂々とサバ読んで二十一なんてふかしこきやがる厚顔野郎がっっ!!」

「人聞きの悪いこといわないでください」

静蘭は涼しい顔で軒下へと歩みよる。ふと昊を見上げて溜息(ためいき)をつく。

(……お嬢様は大丈夫だろうか)

大の雷嫌いである秀麗を思って、静蘭は気遣わしげに顔を曇らせたのだった。

＊　＊　＊

秀麗は頼まれた本を抱えてえっちらおっちらと戸部(こぶ)に向かっていた。目的地の違う燕青とは途中で別れたため、今は一人だった。

「……お、重い……」

一冊の厚みが指四本ぶんはあるので、三冊といえどもかなりの重さだった。暑さとあいまって、秀麗の額からはすぐに滝のような汗がふきだし、幾筋も流れ落ちていく。

「ずいぶんと重そうだね。手伝おうか」

不意に横から手が伸びてきたかと思うと、抱えていた三冊の本がふわりともちあがった。

「え」

秀麗が驚いて振り返ると、見知らぬ男がにっこりと笑って立っていた。

「あ、あの……？」

格好からして文官のようだったが、秀麗の知った顔ではなかった。見たところ三十と少しほどの、まだ若い男性だった。

「黄尚書のところへ運ぶんだね？」

「そ、そうですけれど……あの、大丈夫ですから」

「いいからいいから」

男は何やら上機嫌で歩き出してしまい、秀麗は慌ててあとを追いかけた。

「あの、本当に」

「君は近ごろ黄尚書のところへ派遣されたっていう子だろう？」

「あ、はい……」

「やっぱり。黄尚書のもとにくるくるとよく働く子がきたと各省で評判でね、名前は？」

絶妙の間合いで質問することで、男は秀麗に本のことで有無をいわせなくしてしまった。

「あ、紅……秀といいます」

この名をつけたのは絳攸である。わかりやすくていいだろう、といっていたが、単純すぎる命名に秀麗はがっくりとした。確かに名前を間違えることはなくていいのだけれど。

「そうか、秀君か。あの黄尚書のもとでよく働いてるみたいだね。厳しい人だから、いじめられたりしてないかい？」

「え？　いいえ、まさか。確かに厳しいですけれど、無茶はおっしゃらないかたですから、逆にやりがいがあります。もともと体を動かすのには慣れてますし」

男は端正な顔をほころばせると、くしゃくしゃと秀麗の頭をなでた。

「いい子だ。うんうん」

「あ、あの……？」

「ところで秀君、突然だが私をどう思う」

本当に唐突な質問に秀麗は目を点にした。

「……は？」

「その、好きになれそうだとか、……嫌いになりそうだとか、そういうことでいいのだが」

ゲフンゲフンと何やら不自然な咳払い(せきばら)を繰り返す男。

「しょ、正直にいってくれて構わない。覚悟はできている」

……なぜ初対面の人間にそんなことを訊(き)かれるのか。秀麗はサッパリわからなかった。

が、男がかなり真剣ということは理解できたので、とりあえず答えておいた。

「……そ、そうですね。いい人だと思います」

「本当に!?」

「……は、はい。本を運んでいただいてますし」

男はこのうえなく笑み崩れた。頭は大丈夫かと訊きたくなるくらいの笑顔である。

「そうか、それは良かった。なに、本くらいいつでも運ぼう。君のためならなんのその」

「はぁ……」

結局男は上機嫌のまま戸部まで本を運んでくれ、名残惜しそうに何度も何度も振り返っては、手を振って去っていったのだった。

秀麗も手を振り返しながら、真剣に首をひねった。

（……この暑さでヘンな人が増えてるのかしら）

霄太師の〝超梅干し〟を求めて官人たちがかの老臣を追っかけ回すという、この数日で何度も見かけた光景も理解できた気がした。

朝廷はかなりやばいようだ、と秀麗は思った。

「紅秀です。入ります」

本を抱えながら室に入っていった秀麗だが、正面の机案にいつもいる人がいないのを見て目を丸くした。首をめぐらせると、黄尚書どころか景侍郎もいない。

珍しく誰もいない室に首をかしげつつも、奥の卓子に本を置いたときだった。

向かいの長椅子に仮面の主人が仰向けに横になっているのを発見した。

いつも仕事をしている姿しか見たことのなかった秀麗は、もしや過労でぶっ倒れたのかと青くなった。慌ててすっ飛んでいく。

「黄……」

顔をのぞきこむと、規則正しい寝息が微かに聞こえてきた。単に眠っていただけと知り、秀麗はホッと胸をなでおろした。

「あー……びっくりした。死んでるのかと思った」

それにしても、と秀麗はまじまじと仮面を見た。珍しいところを見てしまった。

こんなところで寝入ってしまうとは、やっぱりずいぶん疲れているらしい。

「……無理もないわよね。普通あれだけ仕事してれば倒れるわよ」

彼は多くの仕事を配下にふるが、それ以上に自らに仕事をふっている。だからこそ秀麗は上司としての彼をすぐれていると心から思うし、無茶をいわれても文句なくやる気になるのだ。上の者がそれ以上の仕事をしているのを知って、愚痴などこぼせるはずもない。

確かに、仕事量に比べて戸部は人数が少ないと思う。けれど、雑用であちこち飛び回っている秀麗は、戸部には他の省庁より遥かにすぐれた人材が多く在籍していることに気づいた。きっと、長官の采配と仕事ぶりをきちんと理解し、その上で彼について行こうと決めた人ばかりが残ったからだろう。もとより、毎日全開で仕事をしなければならない部署では、だらけていることなど到底できない。だからいつだって真剣に仕事をする人間だけが戸部に残る。そういうことなのだろう。

「……少数精鋭を地で行ってるのよねぇ。だから一人一人の負担が大きいんだわ」

その負担をもっとも引き受けているのがこの仮面の長官だ。

特に今は猛暑のせいで少ない人材がより減っていて、この人の仕事量は多分人の限界を超えているのではなかろうか。疲れて眠ってしまうのも当たり前だ。

秀麗は思いついて、隅にある休憩用の一角に足を運んだ。

長官が長官なので滅多に使われることはないが、一応きちんと茶器はそろっている。

秀麗は手早く湯を沸かすと、疲れに効く茶葉を選んでお茶の用意をした。それを黄尚書のそばに置くと、今度は室のなかをあちこち静かに片づけはじめる。黄尚書にいわれた仕事は全部済んでいるが、雑用係なので仕事は探せばいくつもある。墨を足したり料紙を補充したりとまめまめしく動いたが、いつもしている仕事なのですぐに終わってしまった。さすがの秀麗ももうやることが思いつかず、手持ちぶさたになってしまった。

(……景侍郎も燕青もまだ戻ってこないし……)

秀麗は長椅子に横たわっている黄尚書を見た。

椅子から、さらさらとした髪がこぼれ落ちている。

仮面をかぶっているからなのか、彼は他の官人と違って髪を結うことなくそのまたらしている。仮面の印象が強すぎるので今まで気づかなかったが、よくよく見ればそこらの女顔負けにきれいな髪である。

そろそろと秀麗は黄尚書に近寄ってみた。無造作にこぼれおちる髪をじっと見る。

見れば見るほど見事な髪だった。ちょっとだけと思いつつそっと触れてみた。

(わ……すごいさらさら。何なのこの人!)

絹のようなという形容詞がまさにぴったりだ。すばらしい手ざわりである。

起きる気配もないので、秀麗はさらに大胆になった。床に座りこむと、そろりと一房すくいあげる。そしておもむろに編みこみはじめた。しかしさらさらすぎて、編むそばからほどけていく。ここにおいて秀麗は黄尚書の謎をひとつ解明した。

(……仮面をかぶってるからじゃなくて、単に髪がさらさらすぎて結べないんだ)

女ならうらやましすぎて刺し殺したくなるような悩みである。

こりずにさわったり結んだりしながら、秀麗はそれにしても、と溜息をついた。

(好きな女の人に顔が理由でふられちゃうほどなのに、髪だけはこんなに綺麗なんて、逆にちょっと不幸かも)

何せ朝廷一丸で黙して語らずを貫くご面相である。あらゆる能力に秀でている黄尚書だが、容姿だけはとんと恵まれなかったわけだ。天は二物を与えずということだろうか。

(そういえば、絳攸さまもすごい方向音痴だったしねぇ……)

しばらく髪で遊んでいると、不意に室全体が薄暗くなったような気がした。

顔を上げる間もなく、軒をうつ雨音が聞こえ始める。

寸時にものすごい豪雨となり、立ち上がりかけていた秀麗は青くなった。

(……これってまさか)

嫌な汗が背筋を伝う。夏。突然の豪雨。しかも遠雷の音まで聞こえてきた。

全開にしていた窓から、叩きつけるように雨が降りこんできた。あっというまに床が水浸しになる。窓を閉めなければ、と思いながらも、足がすくんで動けなかった。根が生えたような足を叱咤して、なんとか歩き出そうとした矢先、すっと脇を誰かが通りすぎた。

いつ起きたのか、開いていた窓を次々と手際よく閉めながら、黄尚書は振り返った。

「何をぼうっとしている」

「あ……その」

がくがくと膝が震えた。恐ろしい速さで心臓が鼓動を打つのがわかる。急速に手足の先から冷たくなっていく。

「……紅秀？　どうした」

その瞬間、まだ閉まっていなかった窓からカッと閃光が降りそそいだ。目が灼かれそうなほど強烈な光が室を満たす。そして耳をつんざくすさまじい轟音――。

ここまでが限界だった。ぷっつん、と頭の隅で何かが切れたような音がした。

「……っっぎゃ――――――っっっ!!」

秀麗はありったけの大声で叫ぶと、耳を押さえてうずくまった。

「いやぁあああああっっ!!　ぎゃぁあああああああっっっ」

「しゅ、秀……？」

常に冷静な黄尚書も、さすがにこれには驚いたらしく、開いていた窓を慌てて閉める。しかしひっきりなしに雷光が明滅するし、雷鳴はもとよりどうしようもない。秀麗は昊が光るたび、音が鳴るたびに叫びまくっていた。

「いや――――――っっ!!　静蘭せいらぁあああんっっ!!」

混乱していた秀麗は、いつもの癖で家人の名を叫んでいることにも気づかなかった。

だから、不意に肩に誰かの手がかかったとき、秀麗はその大きな手のひらを静蘭のものと勘違いした。そしていつものように思いっきり抱きついた。

不意をつかれた黄尚書はあっさり引き倒され、尻餅をついた。

「こ、こら」

ひときわまばゆい光が室を照らし、秀麗は絶叫して静蘭にしがみついた。

「うっぎゃぁあああああああああっっっ」

「お、落ち着け」

押し倒された形になった黄尚書は、なんとか言葉でなだめようとしたが、まったく効果はなかった。仕方なくそのままの格好で、途方に暮れたようにそろそろと小さな頭や背をなでる。さすがの彼もこういう場合の対処法は心得ていなかった。

それはいつもの静蘭の仕草とはやや違っていたが、秀麗は少しだけ安心した。


——しばらくして戻ってきた景侍郎と燕青が見たのは、蟬のように黄尚書にしがみついて悲鳴を上げる秀麗と、彼女にしがみつかれて身動きできないでいる黄尚書という、世にも珍しい図だった。そうして雷雲が去り、我に返った秀麗が自分がしたことを知って青くなり、仮面の尚書にひたすら謝り倒したのは、いうまでもなかった。

* * *

「ううむ、なかなかすごい雷だったな曜春!」

団子屋で雨宿りをしていた「お頭」が茶をすすりながら昊を見上げた。

「そうですねぇ。でも雨が降ったおかげでちょっと涼しくなりましたね」

「うむ。じゃ、行くか」

「え？　どこへですか？」

「ばかもの。お城見物に決まってるだろう。せっかく貴陽まできたんだからな」

「あ、いいですねー。僕見てみたかったんです。でもほんと貴陽っていいところですねー。お団子はおいしいし、道行く女の人も綺麗ですし。先代お頭がいってた通りですね」

先代お頭、というところで、二人の間に少しだけしんみりとした空気が漂う。

代金を払うと、二人して仲良く歩き始めた。

雨が上がってまた顔を見せた太陽にじりじりと灼かれ、曜春はちょっと溜息をついた。

「それにしても暑いですねー」

「暑さがなんだ！　せっかくきたのだから、充分堪能（たんのう）していかねばもったいなかろう」

「はい、頑張りますー。あっ、お頭、あれ！」

曜春は、前方を指し示してはしゃいだ声をあげた。

「うわぁ、お城が見えてきましたよー。うわぁすごい！　あんなに大きいなんて僕思ってもみませんでした。すごいですねお頭！」

「ばかもの！　そんなに騒ぐな。城など我が家同然だという顔をして歩け」

「ええー、あんなに大きいところを家と思うんですか。……でもそういえば主上って、あんな広いとこに住んでいて迷わないんでしょうか」

「バカだな。毎日地図と磁石を持ち歩いてるに決まってるだろう」

「あ、そっかぁ。……でもほんとに立派ですねー。見あげてると首が痛くなりますよ。あっ、ほらお頭見てください。城壁も端が見えませんよ！」

「おお本当だ。すごいなー」

はしゃぐ自分たちを門衛が微笑ましく眺めていることなど、ちっとも気づかない。

お頭はえへんと胸をそらして言った。

「門衛よ、中には入れないのか？」

「残念だが外からだけで満足しておいてくれ。官吏でないと中には入れなくてな」

「そうか。残念だったな、曜春」

「仕方ないですね」

ややがっかりしながらきびすを返した二人に、思いついたように門衛が声をかけた。

「お前たち、あんまり危ないところをふらふらするなよ。今茶州から名だたる山賊たちが流れこんできているというんで、破落戸（ごろつき）どももずいぶんピリピリしているからな」

ぴたり、と二人の足が止まった。

「……名だたる山賊、だと？」

「ああ。ついに近衛（このえ）まで出払って賊討伐に乗りだしててな。気をつけろよ」

その言葉に、お頭と曜春は顔を見合わせたのだった。

＊　　＊　　＊

「いやー今日は面白いもん見せてもらったなー」

その夜、夕餉（ゆうげ）の席で燕青と秀麗は実に対照的だった。

「笑いごとじゃないわよ……」

秀麗は頭を抱えた。

「あああああよりによってあの怖い黄尚書に！　まだ景侍郎（じろう）だったらよかったのにぃいい」

「今日の雷は結構すごかったからね」

邵可が煮物をつつきながらのほほんと頷（うなず）いた。

「でも別に黄尚書、怒（かれ）ってなかったろう？」

「そうそ。そんなに心配しなくても平気だって。あの後だっていつも通りだったろ？」

「仮面してるのになんだってそんなことわかるのよ。絶対内心呆（あき）れられたぁあああ」

嘆く秀麗に、邵可と静蘭は顔を見合わせた。邵可が微笑み、ぽつりと呟（つぶや）いた。

「よかった」

「何がいいのよ父様。全然よくないわよ」

「いや、だってこの時期になるといつも秀麗は元気をなくすだろう」

「…………」

「外朝で働くのはいい気分転換になったようだね」

「……でも、ひと月だけ、なのよね」

ポツリと呟いた秀麗に、少しだけ邵可の顔が曇る。

「秀麗……」

「いーの、わかってる。ひと月だっていいのよ。充分満足してるわ」

その夜遅く、秀麗の室の扉がほとほとと叩かれた。

「姫さん？　俺。夜食もってきた。あけて～」

秀麗は驚いて机案から立ち上がった。扉を開けると、左手に茶器の盆、右手におにぎりをいくつか皿にのせて燕青が立っていた。

「ほい、頑張る姫さんに差し入れ」

「……びっくりした。どうしたの、いきなり」

「だから、差し入れ」

皿を受けとった秀麗は、おにぎりを見てあることに気づき、ふと笑った。

「ありがと。少し入らない？　一人で食べるのは寂しいし、食べてる間話相手になってよ」

「おや、淑女の臥室に夜中に入っていいの？」

「何かあったら叫ぶもの。そしたら静蘭も父様もすっとんでくるわよ」

「……そりゃこえーわ。特に静蘭」

秀麗はくすくす笑った。本当に怖いのは実は邵可のほうなのだが、当然、秀麗も燕青もそんなことは知らない。

卓子を片づけ、手早くお茶を淹れる。秀麗はしばらく黙々とおにぎりを食べていた。燕青も何もいわず、向かいでお茶を飲む。その静かな時間は、妙に居心地がよかった。そうか、と秀麗は何となく理解した。燕青はきっと、人の心を察する能力が高いのだ。

「……おにぎり、おいしいわ」

「え？　ああ、そりゃよかった」

「……ねえ燕青。叶わない夢を見つづけるのって、バカだと思う？」

「叶わないって？」

燕青の口調は変わらなかった。ごく普通の会話の延長のように何気なく。

それに背中を押されたように、秀麗は言葉をつむぐ。

「努力しても無駄なことって、あるじゃない。努力が無駄っていってるんじゃなくて、努力じゃどうしようもない壁があるっていうか。……それがわかってて、未練たらしくいつまでもしがみついてるのって、バカだと思う？」

「姫さんの夢って、官吏になることか」

あまりにもさらりといわれたため、秀麗は何だかあっさり肯定する気になった。

「……そう。よくわかったわね」

「だって姫さん、毎晩こうして頑張ってるだろ。それに外朝での仕事、すげぇ生き生きやってるもんな。楽しくてしょーがないって感じでさ」

「でもだめなの。だっていくら頑張っても女の子は国試を受けられないんだもの」

「それをわかってて、それでもこうして頑張ってたんだろ？　今ごろになって未練たらしいとか、バカかもしれないとか思う別の要因でもできたのか？」

秀麗は少しく瞠目した。そうあざやかに切り返されるとは思ってなかった。

ぺろり、と指についた米粒をなめとる。少ししょっぱいその味が心にしみた。

「……そうね。わかってて、でもあきらめきれずにこっそり勉強してたわ。別によかったのよ。夢を追うのは勝手だもの。叶わないってわかってても、追うのは自由でしょ？」

燕青はただ微笑で返した。それは優しく、包み込むような懐の大きい笑顔だった。そして否定もしなかったが、肯定もしなかったことに気づく。……正直な人だと、思った。

「でもねぇ、このごろちょっと『近い』んだもの」

「『近い』？」

「ここ半年で、朝廷の第一線で活躍してる人、いっぱい見たわ。……羨ましくて、あんなふうになりたいって思った。夢と現実が近くになりすぎたのね。その境目にあった鉄の板が透明になったっていうか。透明になっても板はあるのに……気づかなくなりそうで」

夢との境目がひどく近くて。憧れていた場所に、自分にも手が届くような気がして。

「……それだけじゃないだろ？」

「え？」

「それだけじゃ、今までとたいして変わらないだろ？　姫さんは現実的だ。透明になったって板の存在は忘れないだろ。本当に手が届くと思いこむほど現実の何かが変わったわけでなし。むしろ逆だろ。手が届かないと確認したから、バカみたいって思うんだ」

今度こそ秀麗は目を丸くした。

「……燕青、あなた読心の術でも使えるの？」

「使えるわけないだろ。んなのできたら今ごろ一山あててるぞ」

「じゃ、年の功ね。伊達に歳くってないのね」

燕青はどこかきょとんとしたように秀麗を見た。

秀麗は自嘲気味にちいさく笑った。

「当たりよ、燕青。実はこないだ近所のおばさんに、『秀麗ちゃんもそろそろ結婚だねぇ』みたいなことといわれたのよ」

「……？　まあ、姫さんの歳なら、おかしかないわな」

「それよ。おかしくなくなっちゃったのよ、結婚してお嫁にいっても」

秀麗は最後のおにぎりにかじりついた。少し乱暴に。

「私の周りにいる人って、ほんとバカみたいに優しいのよ。優しすぎるわ。だから私がこうして勝手に頑張ってても、『無駄だ』とか『やめろ』なんて絶対いわないのよ。絳攸様だって忙しいのに何もいわずにお相手してくださるわ。……だからバカみたいだけど今まで気づかなかったのよ。私がこんな風に頑張れるのはこの家にいられるうちだってこと」

「……ああ。ま、そうだろうな」

「否定しないのね。正直な人ねぇ。そうよ、私はこの家から出たら『年頃の娘さん』ってだけだわ。誰もがいい人に嫁いで、妻として母親として頑張るものだと思ってる。それを当然のものとして求められる。だってそれが普通だもの。どんなに理解のある旦那さんに嫁いでも、勉強なんてつづけられないわ。周りがそれを許してくれない。変人だって思われるし、そうしたら旦那さんや子供だって絶対肩身の狭い思いをする。多分お姑さんとか親戚の人とかには絶対やめろっていわれるわね。そんなことする暇があったら家事やれって。……でもそれが『普通』で、私のほうが『異常』なのよね」

最後のひとかけらを口に放りこむ。

「……知らなかったわ。大人になると、夢を見つづけるのが難しくなるのね。どんなに強く思ってても、所詮現実の重みにあっさり負けそうになるわ」

「そうだな。姫さんは自分のことだけ考えてられる人間じゃない。家のこととか、父ちゃんのこととか考えて、現実と比較して何がいいかもわかってて、それと自分の思いとをあっさり引き換えにできない。だからいろいろ思い悩むし、迷うんだ。現実的ってやつだな」

「……そうね。だって現実は捨てられないわ。大切なものがたくさんあるもの」

「いいことじゃん。姫さんは大切なものをちゃんとわかってる。捨てられないものがどれだかな。だからきっと自分で納得する道を見つけるよ」

きれいごとではぐらかされたような気がして、不満げに翳った秀麗の顔をのぞきこむと、燕青はあの温かい表情で笑った。

「……信じてないな？　じゃ、仮定しよう。例えば邵可さんと静蘭と三人、どうにもこうにも食っていけなくなって、そこへ金持ちの家から援助つき嫁入り話がきたとする。相手は四十年上の脂ぎったオヤジでコブつき再々婚だ。姫さんはどうする？」

「嫁に行くわ」

きっぱりと言った秀麗に、燕青は頷く。

「んで、きっと後悔はしないだろ？　ほら、姫さんはちゃんと大切なものを基準にして選ぶことができる。いま迷ってるのは、選べる道があるからさ。いくらだって迷えばいい」

目から少しだけ鱗が落ちたような気がした。

「……迷って……いいのかしら。欲張りにたくさんつかもうとしてるんだけど」

「いいじゃん。ぎりぎりまで先延ばしにすりゃいい。いずれ絶対選ばなくちゃならない時がくる。焦ったっていいこたねーよ。迷うのは悪いことじゃない。それにな、迷って、手探りで進んでるとな、外部要因がポンとすべてを変えちまうときもある。そのときまでちょっと待ってみるのもいいんじゃねーの。時機をうかがうっていうだろ。だいたい、嫁入り話がでたわけでも、なんでもないんだから、好きに過ごしたって誰も文句いわねーぞ」

ぽんぽん投げつけられた言葉を受け止めて、秀麗はくすりと笑った。

「燕青って、空気みたいな人ね」

「は？」

「会って十日ちょっとしか経ってないのに、なんだかすごく自然なんだもの。……父様や静蘭があなたを寄越したわけがなんとなくわかったわ」

燕青はぎくりと身をすくめた。秀麗の頭のよさはこういうところで顕れる。

「なんだ、気づいてたのか」

「おにぎりの握り方がね、父様と静蘭の握り方だもの。静蘭は大きくて丸くて塩分控えめのおにぎり。父様は絶対塩加減がおかしくて形が悪いのよね。静蘭は大きくて丸くて塩分控えめのおにぎり。父様は絶対塩加減がおかしくて形が悪いのよね。お夕飯の時にヘンなこと言っちゃったから、気にしてたのね。もう大丈夫っていっといて」

「……姫さんてほんと鋭いよなぁ」

ぶつぶついいながら、燕青はカラの皿と茶器を手にとる。

室を出しなに、燕青はさらりといった。

「あ、そうだ。俺さ、姫さんて官吏に向いてると思うぜ。だからあきらめて欲しくないな」

そのまま背を向け、来たときと同じ調子で去っていく燕青に、秀麗は溜息をつく。

「……ほんと、人をその気にさせるのがうまいわね」

くっと伸びをすると、絳攸の「宿題」のつづきをするために、机案に戻ったのだった。

「聞けた？　お二人さん」

燕青に声をかけられて、今の今まで窓の外で聞き耳を立てていた邵可と静蘭は、顔を見合わせてホッと息をついた。

「旦那様、髪に葉っぱがついてます」

「そういう静蘭こそ、耳に土がついてるよ。でも燕青くんに行ってもらってよかったね。私たちだと、きっと『何でもない』とかで終わりになってしまうから」

おっとりと微笑む邵可に、燕青が頭を掻く。

「でも、バレバレだったですよ」

「うーん、おにぎりでばれるとは思わなかったなぁ。うまく握れたと思ったんだけど」

首をひねりつつも、邵可は燕青に笑いかけた。

「でも、本当にありがとう。ヘンなことを頼んですまなかったね」

「いえいえ」

「若いのに、君は本当に聞き上手だね。お皿と茶器は私が洗うから、先に休んでおいで」

燕青の手から有無をいわさず皿と茶器を受けとると、邵可は庖厨へ姿を消した。

「……静蘭、邵可さんに俺の歳いった？」

静蘭が首を横に振るのをみて、燕青は肩で息をついた。

「……あの人も奥が深いなぁ。姫さんなんてきっと俺のこと四十くらいだと思ってるぜ」

「――で、燕青」

「ん？」

「今夜は出かけないのか？」

燕青は詰まった。ウロウロと視線をさまよわせたのち、あきらめたように溜息をつく。

「……バレた？」

「バレないとでも思ってたのか？」

「十年以上経ってるし、俺の棍の癖なんかとうに忘れてるかなーと」

「お前の腕がなまってれば忘れてた。それに羽林軍で捕まえた連中、揃いもそろってなんていったと思う。『左頰に十字傷のある男を捜してた』だ」

「……あちゃー」

「お前が夜中に賊退治なんぞしてる理由に興味はないし、なんであんな奴らに追われてるのかも知らんが、今夜に免じて黙っててやる。ただし旦那様とお嬢様に迷惑をかけるな」

きっぱりいってのけた静蘭を、燕青は何かいいたげな満面の笑みで眺めている。

「……気味悪いぞ。なんだ」

「や、お前ほんとイイとこに拾ってもらえたんだなーって思ってさ」

ふん、と静蘭は苛立たしげに鼻を鳴らしたが、余計な世話だとは言わなかった。

「な、姫さんの話だけどさ、四方丸くおさまる手があるよな」

途端、静蘭はきびすを返して歩き出した。そのあとを燕青がくっついていく。

「お前も気づいてるだろ。お前と姫さんが夫婦になればいーんだもんな」

にかっと燕青は笑った。

「姫さん、恋愛経験ないだろ。つーか多分無意識に考えねーようにしてたんだな。恋愛すると結婚がもれなくくっついてくるし、そうすっと官吏になれないって思ってたんだろうな。恋愛より国試の勉強のほうが重大なんて、見上げたもんだ。そこらの男どもよりよっぽど気骨があるよなぁ。傍にはお前がいるし。まあ下手な男にゃ注意はむかねーわな」

立ち止まり、無言で睨(にら)みあげた静蘭の顎(あご)を、燕青は楽しげにつついた。

「お前だって姫さんより大事な女なんていないだろ？　いやいや、見てりゃわかるって」

「………燕青」

殺気を帯びて低くなる声を無視して、燕青は言葉を継いだ。

「いやー姫さんイイ娘だし、似合いじゃん。きっと佳(い)い女になるぜ。つかまえとくなら今のうちだぞ？　大体、性格悪いお前と一緒にいられる女なんて、そうそういないだろ」

「……やっぱり明日、白大将軍にお前の所業をこと細かに報告することにする」

「あッ、ごめんもういいません！」

「遅い」

静蘭の口調は冷ややかこの上なかった。

第三章　王様の夜這い計画

「うーん。本当にこの鍵、どうなってんのかしら。毎日見てるけど不思議……」

秀麗はぶつぶつ言いながら、手にした金色の「鍵」をこねくりまわした。一見して全然鍵に見えない。いくつもの関節がついていて、折りたたむと手のひらにおさまるくらいになるが、あちこちいじると見当もつかないところから関節が飛びでて、最終的な大きさは不明である。何せ関節の先の形が鍵穴とあわないと、次の関節が伸びない仕組みになっていて、深く差し込むごとにより複雑な操作が必要となるらしいのだ。秀麗がこうして適当にいじっていても関節はいくつかでるが、最初の鍵を開ける関節は教えられない限り出すのはほとんど不可能らしい。いやそもそもこれは鍵と言えるのか。

「面白い形と構造でしょう？　ちょっと鍵には見えませんよね。今は亡き稀代の鍵師がつくりあげた一世一代の大作だそうです。場所が場所なので、万一よこしまな誰かが鍵を手にしても使い方がわからない構造にしようとしたらしいんですが……凝りすぎて、今では複製もつくれないそうです。その鍵師さんは製造方法も隠したままお亡くなりになってしまったらしくて」

整理する巻物を大量に抱えて、室の向こうから景侍郎がやってきた。秀麗は慌てて景侍郎の手伝いに駆け寄った。一世一代の大作どころか、実は一世一代の失敗作が採用されたのではないかと疑っていたことは顔に出さない。どう見てもヤケッパチみたいな形だ。

「あ、その鍵、私の腰のところにさしておいてください。今日は早めに点検に行くつもりですから。秀くんも燕青さんと一緒に護衛を兼ねてまた来てくださいね」

「はい。……それにしても宝物庫って、毎日行っても相変わらず目がくらむんですよねぇ」

財政を司る戸部は、宝物庫の管理も任されている。秀麗と燕青は場所柄、護衛を兼ねて毎日景侍郎のお供をしていた。本当は秀麗などなんの役にも立たないのだが、興味津々の秀麗に気づいた景侍郎が連れて行ってくれたのである。十日以上通っていてもちっとも見終わらない。米だ麦だと走り回るのが遠い世界に感じる、宝物庫は怖ろしい場所だった。

「それにしても秀くん、どんな仙術を使ったんです?」

景侍郎は秀麗と一緒に巻物を整理しながら、驚き半分、喜色半分で訊いた。

「あの人が一日一回お茶をするようになるなんて！　十年近くあの人と一緒にいますけれど、初めてですよ。もう青天の霹靂です」

景侍郎はそろそろ四十に手が届くかという歳だが、そのおっとりとした雰囲気であまり歳は感じさせない。同年代である秀麗の父の邵可はどこか天然でズレたところがあるが、彼は正統派穏やかさんである。

「……えーと、さあ……？　疲れてお眠りになっていたので、あまり無理はしないほうが

「いいといっただけなんですけれど。さすがにご自分でも休息が必要だと思われたのでは」

そう。雷の翌日、黄尚書に秀麗はおそるおそる言ってみたのだ。

『尚書がお倒れになっては元も子もないです。少しはお休みになったらいかがですか』

いつもバリバリ働く長官の寝姿は、それくらい衝撃的だった。きっとものすごく疲れがたまっているに違いない。せめて一日に四半刻でも休憩をとれば違うのに、と。

一蹴されるかと思ったのだが、意外にも彼は頷き、一日一回のお茶を承諾したのだ。

ちなみに黄尚書はお茶を飲むときも仮面を外さない。仮面の口の部分が開閉可能であることがこの一件で明らかになった。いったいあの仮面の構造はどうなっているのだろう。

「……眠っていた？　あの人がですか？」

「ええ、そこの長椅子で」

景侍郎は考え込むように顎に手をやると、ちらりと秀麗を見やった。

「秀くん、そのとき何かしました？」

ぎくり、と秀麗は目をそらした。

「え。いえ、べべべ別に」

しかしじーっと見下ろしてくる景侍郎に、根が正直な秀麗は負けた。

「あのー、えーと……髪の毛……いじってました」

その答えは景侍郎の意表をついたらしい。彼は目をぱちくりとさせた。

「……髪の毛、ですか？」

「だ、だってすごくさらさらで綺麗だったんです。ちょっと、さわってみたいなーって」

途端、景侍郎は笑い出した。彼が声を出して大笑いするところを秀麗は初めて見たが、まったくわけがわからない。……笑われることをいっただろうか。

「あ、あのぅ」

「……す、すみません。いやでも……そうですか」

景侍郎はまだ笑いながら、優しい目を秀麗に向けた。

「秀くん、あの人が寝てる隙に、あの仮面の下を見てみようって思わなかったんですか？」

「ええ？　まさか！」

何せ顔が原因で女性に振られたうえ、そのせいで仮面をかぶったというのである。以来十年もひたかくしにし、今では朝廷全体で箝口令が敷かれているほど彼の心の傷は深いのである。そもそも十年間誰にも素顔を見せないなんて並々ならぬ根性だ。

「人が嫌がることはするなって躾られてます。それに、黄尚書があんなにまでして必死に隠してるものを引っぺがそうと思うほど、私は非道な人間じゃありませんよ！」

憤然と拳を握りしめる秀麗に、くすくすと景侍郎が温かい笑みを向ける。

「それに男は顔じゃありません！　どれだけ稼げるかですッ!!」

「おやおやー、秀くんは男らしい基準をもってますね」

「あ、でも純粋な興味なんですが、景侍郎は黄尚書のお顔を見たことあるんですか？」

すると景侍郎は不自然に目を泳がせた。

「え？　え〜……そうですねぇ。まあいいじゃありませんかそんなことは」

突然ぎこちなくなった景侍郎に、秀麗は顔を背けると、そっと袖の端で目をぬぐった。

（……かわいそう黄尚書……このお優しい景侍郎も口をつぐむくらいのお顔なんだ……）

「でも、このごろあの人がやけに機嫌がいい理由がわかりましたよ」

「え？」

「あなたを本当に気に入ったんですね。よく気がついて、文句もいわずにくるくる働いてくれて、おまけにとても良い子で。紹介してくれた李侍郎に感謝ですね」

「き、気に入った？　黄尚書が私をですか？」

「ええ。あなたは細々としたことを、こちらが指示する前にやってくれるでしょう？　いつも硯には墨がたっぷり入っていて、先の割れた小筆はすぐに新品になっていて、料紙が尽きることもなくなったし、屑籠は一杯になる前にちゃんと捨てられていて。室も綺麗にして、口には出しませんが、内心とても感心しているはずですよ。もちろん、私もです」

「は、はあ」

多くの賃仕事をこなしてきた秀麗にとって、それくらいは当たり前のことだった。いわれてからやるのでは、すぐ無能の烙印を押されてクビになってしまうのである。

「何より、怒鳴られてもめげずにちゃんと次には直すでしょう？　今ではあの人が怒ることもすっかりなくなって。本当に臨時というのが惜しいですね」

秀麗はてれてれと頬をかいた。褒められるのは素直に嬉しい。

「へへへー、ありがとうございます。私も景侍郎、大好きです」

秀麗は書棚の上の巻物を片づけるべく、かたかたと梯子(はしご)をのぼりはじめた。

「でも、仮面をかぶっているのに、よく機嫌の良し悪しがわかりますね」

「機嫌はその日の仮面の種類を見ればわかるでしょう？　ああ、足もとに気をつけて」

「……え？」

「おや、わかりませんか？」

……ものすごい観察眼である。それだからあの黄尚書とうまくやってこられたのだろう。副官の極意をかいま見た気がした。ほとんど特技といっていいかもしれない。

不意に足裏にたわむような嫌な感覚がした。次の瞬間、バキッと音がして、秀麗の右足が足場を失った。体がうしろに傾き、足が宙に浮いた。豪華な飾り天井が視界に入る。

（ええ――――――っっっ⁉）

落ちる――と秀麗が目をつぶったとき、力強い腕に抱きとめられた。

（……へ？）

おそるおそる秀麗がうしろを振り向くと、間近に見慣れた仮面があった。見慣れたとはいえ、いきなり間近にこられるとものすごく心臓に悪い。

「う、うわー黄尚書！　す、すいませんすいません、あありがとうございましたっ！」

「……あぶないな、気をつけろ」

片手で秀麗を抱きとめているのに小揺るぎもしない。何と、意外にも肉体派？　と秀麗が新たなる発見を黄尚書辞典に付け加えていると、黄尚書はやはり片手で軽々と秀麗を下ろし、折れた梯子を素早く点検した。

「使いすぎで釘がゆるんでいたようだな。すぐに燕青に修理させよう」

「あれ、折れちまったのか。ちょっと遅かったな」

のんびりした声に振り向くと、大工道具一式を抱えた燕青がいた。

「落ちたの姫さ……秀？　悪かったな。怪我しなかったか？」

主に肉体労働でこき使われることの多い燕青であるが、彼も意外とよく気がつく。

黄尚書は景侍郎のほうへ歩みよった。そしてあっさりと、深刻な事実を伝えた。

「……柚梨、高天凱と碧遜史が倒れた」

「ええ!?　あ、あのお二方まで!?　ちょ…ええっ!?」

コーン、と景侍郎の手から書翰が落ちた。みるみるうちにその顔が蒼白になる。

折れた梯子を直していた秀麗と燕青が顔を見合わせた。

「うわー、ついにあの二人まで倒れちまったのか」

「二人ともお歳を召してらっしゃったものね。……でもこれで」

「ああ。……施政官、あの二人だけになっちまったな……」

各省庁から人手がきていたとはいえ、門外漢に戸部の指揮までは任せられない。ゆえに高官の負担はほとんど減らず、ここ数日もばったばったと倒れていたのだが、ついに施政の要職は黄尚書と景侍郎だけになってしまったようだ。戸部、絶体絶命の危機である。

「じきに快復して人も戻ってくるはずだ。夏も過ぎる。あと五日六日ばかりの辛抱だ」

仮面で相変わらず表情はわからないが、さすがになんとなく疲れた声に聞こえた。

「あ、あああああの！」

振り向いた黄尚書に、秀麗は一瞬いっていいものかどうか迷ってから、結局いった。

「その、私たち頑張りますから！　一生懸命お手伝いしますから！　ね、燕青！」

「へ？　ああ、まあ、できることなら」

カーンカーンと釘を打ちながら燕青が生返事で頷く。珍しい光景に景侍郎が目を瞬かせる。

何を思ったか仮面の尚書は秀麗に近寄ると、くしゃくしゃとその頭をなでた。

「……そうか、じゃあ燕青」

「はいはーい。なんですカ～」

「お前を今から臨時に戸部施政官に加える。高天凱と碧遜史の仕事を引き継げ。これが判子。筆。硯。仕事はあそこの机案に積んである。即刻取りかかれ。わからないことがあれば訊け。ああ、任命書はあとで適当につくっておく」

「……はい？」

コーンという音がやむ。秀麗も唖然とした。……今、何かすごいことを聞いたような。

「できることならやるといっただろう」

「そりゃ……いいましたけどね、でもちょっとそれはどうかと」

「お前ならできるだろう。浪燕青」

すっと左頰の傷に手を伸ばす。燕青はその指を避けるようにわずかに身を反らした。そしてそんな自分に気づいて、しまった、という顔をする。

「……わかりましたよ。やりますよ。でもあとで後悔したって知りませんよ」

秀麗は仰天した。

「えッ、ちょっと黄尚書、ほんとにいいんですか⁉　こんな髭もじゃ男にそんな」

「髭は関係ないだろー」

修理の終わった梯子を叩きながら、燕青は自分の髭をひっぱった。

「構わないな？　柚梨」

黄尚書の問いかけに、何を思ったのか景侍郎もにっこりと頷いたのだった。

「……結構、黄尚書ってむちゃくちゃなことするのねぇ」

てくてくと回廊を歩きながら、秀麗は首を振った。両手には各省庁へ届ける大量の書翰がある。燕青のぶんも引き受けなくてはならなくなったので、雑用が一気に増えた。

「ほ、本当に燕青に任せて大丈夫なのかしら」

ド素人だとか、能力がどうこう以前に、どうしても外見からして燕青は文官より武官に思えてしまうのである。いつも棍をたずさえているし、今だって机案に真面目に向かっているのが非常に奇妙な感じなのだ。

(でもまあ州文官になりたかったっていってたし)

えっちらおっちら歩いていると、ふと誰かが回廊を曲がってくるのに気づいた。書翰の隙間から彼の横顔を見た秀麗はぎょっとした。

とっさに近くの太い円柱に隠れたとき、久しぶりに聞く声が回廊に響いた。

「――秀麗!?」

しかしどうやら姿を見られたわけではないらしく、すぐにしょぼんとした声に変わる。

「……いるわけないか……」

カツンカツンと遠ざかっていく沓音(くつおと)に、秀麗はそっと円柱から顔だけを出した。哀愁が漂い、がっくりとしていかにも寂しげな後ろ姿である。

(う、うわ――あ、危なかった)

ホッとした矢先、急に「彼」が足を止めて振り返った。同時に秀麗も顔を引っ込める。

「……いる……ような気がしたんだけどな……このごろ多いなこの感じ……」

子供がすねたような声。これでこの彩雲国(さいうんこく)の国主だというのだから、笑ってしまう。

だが笑いごとではなかった。秀麗の心臓は今の思いがけない接近遭遇で、ばっくんと妙な鼓動を打っていた。ああ、危なかった。

(まったく、な、なんなのあの嗅覚(きゅうかく)は！　野生動物並じゃないのっ!!)

ふらふら供も連れずに外朝をほっつき歩く劉輝と、あちこち駆けずり回る秀麗とは、実はこの半月あまりで何度もでくわしかけていた。そのたびに秀麗は近くの室に飛びこんだり欄干の下に隠れたりしてやり過ごしていたのだが、劉輝の鼻はおそろしくよかった。いつだって今みたいにすぐに気づくのだ。そのたびに秀麗は寿命が縮む思いをする。

『わかりました。でも絳攸様、ひとつだけお願いがあります――』

雑用係をすることを引き受けたとき、秀麗はひとつの条件を出した。

――絶対に、私のことを「彼」にはいわないでください。

　それは秀麗なりのけじめだった。

後宮を辞した時点で、劉輝と自分を繋ぐ糸はきれた。少なくとも秀麗はそう思っている。下手に会おうものなら……それはきっと、想像以上にややこしいことになるだろう。

劉輝はおそらく以前のような気軽な関係を望む。けれどそれは一時的とはいえ、秀麗が貴妃だったからこそできたことなのだ。身分がどうとかいう問題ではない。そういう関係になるのは、今度こそ劉輝のお后となる人がふさわしく、またそうであるべきなのだ。

　秀麗が後宮を退き、もう二度と入宮する気がない以上（というか、経済的にも政治的にもありえない）、いつまでも過去の立ち位置に甘えることは許されないし、自分に許すつもりもない。それがけじめというものだ。

　以前のように振る舞うことはきっと簡単だ。けれどそれではいつまでたっても彼は「秀麗離れ」しないだろう。もしよそよそしくすればきっと劉輝は悲しむし、傷つくこともわかる。それがつらいのなら、会わないほうがよっぽどいい。

（……早く新しい妃嬪を迎えてくれれば話は簡単なんだけどねぇ……）

とっとと妾妃でも迎えればいいのだ。そうすれば皆も喜ぶのに。なのに、秀麗が退出してこのかた、いまだ後宮は空っぽなままだというから、余計気を遣うのである。

(……餌づけ……しすぎたのかしら……)

捨てられた仔犬が、餌をくれた人になついて離れなくなってしまった図が頭に浮かぶ。

「おや？　秀君じゃないか。こんなところに座りこんでどうしたんだい？」

顔を上げると、今はもう見知った顔があった。

「あ——おじさん」

以前本を運んでもらってから、なぜか秀麗は頻繁に彼と遭遇するようになり、そのたびに彼は何くれと仕事を手伝ってくれていた。二度目に会った時に、名前は何とおっしゃるのですかと訊いたら、少し考えたあと「おじさんと呼んでくれ」というのである。そんなことをいう人を秀麗は生まれて初めて見た。だいたい「おじさん」というにはまだ彼は若く、しかも整って彫りの深い容貌をしていて、これほどそぐわない呼び方もない。

しかし妙に彼がその呼び方にこだわるので、おそるおそる秀麗が一度そう呼んでみると、実にホクホクと嬉しげな顔になった。なんだか劉輝の時を思い出しつつも、それから彼を「おじさん」と呼ぶことになった。しかしいまだに奇妙な感覚はぬぐえない。

「おやおや、また大荷物を抱えて。まったく黄尚書は人使いが荒いね」

彼はひょいと手を伸ばすと、書翰を残らず秀麗の手からとりあげた。

「あ——い、いいです！　自分で運びますから！」

「秀君もいい加減頑固だねぇ。何度同じことをいえばわかってくれるんだい。私は私のしたいことをするんだよ」

――彼は親切ではあったが、むちゃくちゃな持論の持ち主でもあった。

「まったく君みたいないたいけな少…年をこんなにこき使って。一度直訴しに行くかな」

妙に本気っぽい口調に秀麗はぎょっとした。このちょっとヘンな人ならやりかねない。

「いえ、仕方ないんです。今日また二人が倒れてしまって。もうてんてこまいで」

「何？……まさか高官吏と碧官吏じゃないだろうね」

「え？　ええ、そうです。よくご存じですね」

途端、男は額に手を当てた。

「……なんてことだ。じゃあ今施政官は黄尚書と景侍郎だけになってしまったのか」

「はい……まあ」

本当は一人、臨時で追加されたが、燕青が戦力になるかどうかは甚だ疑問である。

「まったく……あいつは加減という言葉を知らないからな」

溜息（ためいき）とともにぼやかれた言葉に、秀麗は目を丸くした。どうもこの言い方だと……。

「……もしかして、黄尚書とお知り合い……なんですか？」

「ん？　ああ、同期なんだよ。同じ年に国試に受かってね」

思わぬ拾い話に、秀麗は目を剝（む）いた。

「それは……ゆ、優秀なんですね」

少なくとも十年前には黄尚書は仕官していたのだから、同期というこの人は、逆算すると最低でも二十と少しで国試に受かっている計算になる。かなり若い。頭の良い証拠だ。

そんな秀麗を見て男はにっこり笑い、いつものように色々な話をしてくれたのだった。

* * *

「李侍郎(じろう)」

背後から呼び止められた絳攸は、足を止めて振り返った。景侍郎を見て、丁寧に一礼する。本当は官位からすると絳攸の方が若干高いのだが、年下であることと、それを抜きにしても彼自身が景侍郎の人柄を敬っていたので、今でも敬意を払うのが常だった。

「これは、景侍郎」

「よかった。ちょうどいいところで行き会いました。お忙しいことは重々存じておりますが、少々お時間よろしいですか？　それほどお手間はとらせませんので」

「ええ、もちろん。大丈夫です」

「実は、秀くんのことなのですが」

絳攸は内心ぎくりとした。……まさか女とバレたのだろうか。

「……何かご迷惑でもおかけしましたか？」

「いえいえ、その逆です。本当によく働いていただいて、とても感謝しています。彼は本当に利発な子ですね。それにときどきとても聡いことをいうのです」

景侍郎がにこにこと目を細めた。

「この間、黄尚書がふと余った予算の使い途を訊いてみたら、何と答えたと思います？」

「……貯金、でしょうか」

「いえいえ。それが、助産婦や妊婦への補助金制度の確立や、貧しい志学者のための助成金、それに災害に強い穀物改良の研究費などにあてるべきだといったんです」

絳攸はわずかに目を見ひらいた。

「……なんですって？　秀がそんなことを？」

「ええ。必要経費以外に予算が余ったらできる限り有益に使うべきだと。使い途はいくらでもあるし、お金は残しておいてもいざというとき食べられないから、役に立つときに使うべきだと。あの歳で、とっさにそこまで出てくる子はちょっといないと思いませんか」

絳攸は驚いた。まさか、秀麗がそこまで考えていたとは思いもしなかったのだ。しかも彼女は無意識に私的と公的とで頭を切り換えている。普段の彼女なら絶対に「金は使うべきだ」などとは口が裂けても言うまい。彼女にはすでに「公」の部分があるのだ。

「……黄尚書はなんと？」

「やっぱり、驚いていたようですね。以来ときどきですが、秀くんの意見をさりげなく聞くようになりましたし」

絳攸は考え込むように顎に手をやった。

「あの子は官吏に向いていると思うんです。向学心も旺盛で、私にもよく質問してきますし、ちょっとやそっとじゃへこたれません。叱られてもすぐに直して、機転もききます。でも訊いたら、国試を受けたことがないというじゃありませんか。驚きました。あの歳なら試しに一回ぐらい受けてもいいと思ったんですが……受けられないというんです」

「………」

「受けたくない、ではなくて、受けられない、です。それで、何か理由があるのかと思いまして。詮索する気はありませんが、秀くんは紅姓ですから、あなたの上司と何か複雑な事情があって受けられないのかと……。吏部尚書も気難しい方ですし。七家でもない私が差し出がましいかとも思ったのですが、事情がおありなら、私が秀くんの後見についてもいいと思ったんです。あまりに惜しい。秀くんさえよければ私の養子にして紅姓を抜けさせても構わないと思ってます。まあ私の姓なんて全然たいしたことありませんが」

景侍郎はまっすぐに絳攸を見た。

「それであなたの意見を聞こうと思いまして。……どうでしょう？」

絳攸は笑った。それが滅多に見られない心からの微笑だったので、景侍郎は少し驚いた。

「他ならぬあなたにそこまでいって頂けるとは、秀もなかなか見込みがあるらしい」

「ええ」

「ですがそのお申し出を秀は受けられません。残念ですが」

「……なぜです？」

「理由は、後でわかると思います。……あれが官吏になったときに」

「では秀くんは国試を？」

「そのときは、私か上司が後見を務めると思います。ご心配いただき、ありがとうございます、景侍郎。別に確執などはありませんから安心なさってください」

景侍郎はわずかに顔を赤らめた。

「ああ、私の先走りだったようですね。お恥ずかしいことを申しました。忘れてください」

「いいえ。お心遣いありがとうございます。あれを外朝に寄越した甲斐があったようです」

絳攸の表情を見て、景侍郎はもう一度苦笑した。

「……あなたはいつも、人の五十歩先を見ているようですね、李侍郎」

「うちの上司には、百歩先を見ろといつもいわれてます」

「あの方の下で働くには、やっぱりそれくらいでないと務まらないんでしょうね」

「いえ……あの黄尚書のもとで何年も副官を務める自信は、私には全然ありませんが」

「あの仮面もなれると味があるんですよ。そうそう、吏部尚書には、秀くんが及第した暁にはぜひ戸部へ寄越してくださいと頼んでおいてくださいね」

吏部は国試に及第した進士たちを、各部署へ振り分けるのが大きな仕事だった。

絳攸はやや顔つきを改めた。

「……どうでしょうね。うちの上司もかなり熱をあげてますから……ところで景侍郎」

「はい？」

「これからどこへ行かれる予定ですか」

「？　主上のところへ、急ぎの書翰を届けに行くつもりですが」

きらん、と絳攸の目が光った。おもむろにコホンとひとつ咳をする。

「それは奇遇ですね。実は私もなのです。ご一緒させてください」

――絳攸はここ半刻ばかり迷子になってうろうろ彷徨っていたのであった。


「ああっ、こんなところにいたんですか霄太師！」

回廊で壺を抱えてこそこそ隠れていた霄太師は、衣の裾を握られて跳び上がった。

「捜しましたよぉおおお」

「くっ、しつこいヤツめが……って、おや、秀麗殿ではないか」

「うわ！　しーっしーっ、今は紅秀です！」

小声で必死に否定する秀麗をみて、霄太師もはたと気づく。

「ほうほう、そうじゃったな。聞くところによると黄尚書のもとでよく働いておるようじゃないか。どうじゃ、やりがいあるかのう」

「ええ、とても。って違います。今日は霄太師のその壺に用があってきたんです」

「なっ、そなたもか！」

壺を抱き込んだ霄太師に、秀麗はなおもとりすがった。

「いま戸部全然人手が足りなくて、すんごい危機的状況なんです！　施政官が実質二人なんですっ!!　お願いします、夏バテに効くっていうその〝超梅干し〟譲ってくださいっ」

そう、秀麗なりになんとか状況を改善しようと思い、あれから休憩時間を利用して霄太師を捜すことにしたのだった。はっきりいって施政官が三人（うち一人は戦闘力不明）だけなんて、いかな素人の秀麗にだってどれほど危機的状況かわかる。前までだって目の回る忙しさだったのだ。これ以上少なくなったら冗談でなく戸部はつぶれてしまう。

「だから、この壺はそんなもんじゃないといっておるじゃろうが」

霄太師は疲れ果てたように天を仰いだ。

「じゃ、中身はなんなんです」

「確かめてみい。――ただし落とすでないぞ」

渡された壺は、妙な重さだった。軽いような重いような。……よくわからない。

蓋を開けようとして、秀麗は眉をひそめた。

「……蓋が……ない？」

壺はつるつるしていて、継ぎ目も何もなかった。布をかけて口を紐で縛っているため、一見蓋があるように見えるが、下は真っ平らだった。塗り込められたのかと思ったが、どうもそういう痕もない。もとから蓋も何もない、形だけ壺のヘンな陶器のようだった。

「わかったろう。梅干しも何も最初から入らん。なにしろ蓋がないのだからな」

「じゃ、〝超梅干し〟は……」

「んなもんないわい。まったくどこの阿呆がそんなこと言いだしたんだか」

一応壺をふってみたが、何の音もしない。秀麗は当てがはずれてがっかりした。

「なんでこんなもの後生大事に抱えてるんです？」

「こ、……こういう壺は何かと価値があるんじゃ。いろいろ調べようと思って持ち歩いていただけじゃ。暑さで頭がやられてる官吏どもに叩き割られんように見せなかったんじゃ」

「なーんだぁ。じゃああとは頼みの綱は陶老師だけか……」

「陶老師なら夏バテでこないだ寝込んだと聞いたが」

「ええっ!?」

筆頭侍医の陶老師までもが夏バテにやられてしまったとは計算外だった。貴妃の折にお世話になったツテを頼んで、なんとか夏バテに効く薬をもらおうと思っていたのに。

「うそぉおおおお」

「……そんなに大変なら、わしの知り合いの医者を紹介してやろう」

さすがに気の毒に思ったのか、霄太師がそんなことを申し出てくれた。

「城下の紅東区に小さな診療所をかまえている葉という医者がいるんじゃがな」

「え？　もしかして数年前に越してきた葉棕庚先生のことですか？」

「なんじゃ。知っておるのか」

「よくお世話になってますもん。私の邸は紅南区で近いですし。そっか、葉先生に頼んでみればいいんだ。腕のいい方だから、特効薬を知ってるかも」

そのとき、ゴーンと鐘の音が鳴り響いた。時鐘の音に、秀麗は跳び上がった。

「いけない、休憩終わっちゃう。すみません霄太師、これで失礼します！」

そうして駆けだした秀麗の後ろ姿を、霄太師はずっと見送っていた。いや、正確にはずっとではなかった。次の梅干し奪取の刺客が襲ってくるまでの間のことであった。

＊　＊　＊

「……なんかこのごろヘンだ」

彩雲国の王・紫劉輝は回廊を歩きながら首をかしげた。

「やけに『秀麗の気配』がする……はっ、もしやこれが世にいう虫の知らせだろうか。もしかしたら秀麗が余のことを呼んでいるのかもしれん」

パッと彼の顔が輝く。彼はかなり自分勝手な解釈をした。

「もしそうだったら……こうしてはおれん。早急に手を打たなければ」

そうでなくとも会わなくなってそろそろ三月が経つ。ここらで一回会いに行っても怒られはしまい。ちゃんと贈り物も文も欠かしていないし、たまには気分転換も必要だと楸瑛もいっていた。

「……昼は政務があるから……行くとしたら夜か。そうか」

彼は納得したようにひとつ頷いた。

「これが世にいう夜這いというものだな」

うるさい近衛は山賊討伐とやらで半分に減っている。今なら城を抜け出すのもたやすいはずだ。ふんふんと鼻歌を歌いながら、劉輝は肝心なことに思い至った。

(そうだ。礼儀として邵可に夜這いをする旨の手紙も書かないといかんな)

——彼は夜這いの意味をよくわかっていなかった。

その夜——邵可の自室を訪れる人影があった。

「お入り」

すると、二十七、八ほどの美しい女性が音もなく邵可の背後に立った。

「……す、すみません、こんな夜分に」

あざやかな現れ方とは違い、おずおずと自信なげな小さな声である。

「そこの椅子にお座り。今、お茶を淹れよう」

「はい。そ、その……お饅頭をつくってきたんです」

茶器を用意していた邵可は驚いたように振り返った。

「お饅頭？」

「はい。秀麗様が後宮にいらっしゃったときに教わりまして……あ、あの、お嬢様ほどおいしくはないと思いますけど」

顔を真っ赤にしてうろたえる珠翠に、邵可は笑顔のままつづける。

「そうか、それはいいものをもってきてくれたね。じゃ、お茶請けにいただくことにしようか。そこの深皿にもりつけてくれるかい？」

珠翠はパッと顔を輝かせた。邵可は茶の用意をすすめながら、珠翠に微笑みかけた。

「……わざわざ茶州までご苦労だったね。香鈴を送り届けてきてくれて」

「いいえ。そんな」

数ヶ月前、茶太保のために秀麗を弑そうと謀った少女・香鈴は、体が快復したのち茶州にいる茶太保の奥方――縹英姫という女性に預けられることになった。あの一件は未遂ということと、霄太師のとりなしもあって公にはされず、茶太保自身の死も原因不明の「頓死」ということで片づけられていた。

けれど内々にことの次第を知らされた英姫が、香鈴の引き取りを申し出たのである。劉輝はそれを許し、そして珠翠が香鈴を茶州まで送り届けてきたのだった。

ふと珠翠は思い出し笑いをした。

「……なんというか、びっくりな大奥様でした」

七家ではないが、縹家も由緒正しい名家である。それにあの茶太保の奥方なのだから、さぞや厳格で気品のある女性かと思いきや――。

「ああ。私もそう何度も会ったわけじゃないけれど、一度会ったら忘れられない印象的なかただろう？」

「はい。……あのかたのもとでなら、きっと香鈴も立ち直るでしょう。いえ、そう思いたいだけかもしれませんが」

「大丈夫だよ」

邵可は穏やかな声でいい切った。

「香鈴と同じくらい――いや、もっともっと深く茶太保を愛し、愛されていた女性(ひと)だ。そして何よりとても強いかただ。あのかたのそばにあれば、きっと大丈夫だよ」

「はい……」

珠翠はそっと目を伏せた。本当に、香鈴は何から何まで自分とそっくりだ。愛する人が、自分とは別の女性を心から愛していることまで同じ。

だから珠翠は願わずにはいられない。香鈴に、心からの笑顔がまた戻る日を。

「……あの、それから、北斗(ほくと)さんのことなんですけれど」

「うん、どうだった？　『俺から会いに行くまで会いにくんな』とかって、書いて寄こしたきま、もう何年もすっぽかして……あの馬鹿、元気だったかい？」

笑顔の邵可に、珠翠は顔をうつむけた。

「……亡くなってました。病にかかって……幾月か前には、もう」

「――え……？」

初めて、邵可の顔から笑みが消えた。

「……あれが…死んだ……？」

北斗。それは邵可のもう一つの顔を知る、数少ない大事な相手だった。〝風の狼〟として、ともにいくつもの暗い闇を駆け抜け——互いの背中を、命を預けあったことは数知れない。

邵可が〝風の狼〟を解散させたあと、北斗はどこか遠い目をして、そして風のように消えた。いつだって気まぐれな男だったから、少し寂しかったけれど、たいして気にしなかった。だいぶ時がたって、茶州のとある場所に落ち着いたと、一度だけ便りがきた。

珍しい——と思った。あの男が便りを寄越すなんて。『いつか会いに行くから、それまでくんな』という文面に笑ったものだ。それなら待とう——と思っていた。いつまでも。

両手を組み、何かに耐えるように目を閉じる。それから苦笑を作ろうとして、失敗した。

「お子さんたちに看取られて、最期は静かに逝ったと……」

「……病で、か。昔のあいつならありえないと笑っただろうな」

わずかに震えた珠翠の言葉に、邵可は少しく目を見ひらいた。

「子供？　あいつに子供がいたのかい？」

「連れ子…さんだったみたいですけど、男の子が二人。奥様はお子さんが小さいときに亡くなったとか。ただその子たちも、北斗さんを埋葬したあと山を下りてしまっていて」

「そうか。あの北斗が……子供たちに看取られて……」

そうか、と邵可はもう一度口中で繰り返した。

『俺はきっとロクでもない死にかたしかしねーよ。平穏な生活なんて無縁だしよ、するつもりもねぇしな。殺して殺されて――それが俺の生き方だ』

それでいい、と刹那（せつな）的に笑っていた北斗。

いつだってどこか飢（かつ）えた目をしていた。ともに過ごしたなかで、邵可は友のその陰りだけが心配だった。けれど多分――死に際の彼の目は。

「年月は……本当に偉大だね」

不意に、邵可は過ぎ去った時の重みを実感した。人が変われるくらいの長い時を、いつの間に過ごしてしまったのだろう。

「……もう、二十年近くなるんだね……〝風の狼〟を解散してから」

邵可はその重みに苦笑した。いつのまにか、自分もずいぶん歳をとったようだ。

「早いものだ……私ももうすぐ四十か。珠翠から見ればもうしなびたおじさんだね」

「そっ、そんなことはありませんっ！　まだまだお若くて素敵……い、いいえ」

いいかけて口元に手をやる。耳まで赤く染めながら視線を泳がせて、何とか話題を変えようとする。ふと珠翠は卓子の隅に無造作に放られた書状に気づいた。

「邵可様……これ、大事なものじゃないんですか？　すごく高価な料紙ですけれど」

「ん？　ああ、いいんだよ。なんなら見てごらん」

珠翠はかさかさと料紙を広げてみた。そして。

「……あのう……邵可様……」

「面白いだろう？」

「……これ、私の目の錯覚でなければ、秀麗様への夜這い御免状と読めるんですが」

「うん、私もそう読めた。日付は四日後だね」

「あの、その、これ……い、いいんですか？」

「ただこっそり夕飯をご馳走になりにくるだけだろう」

「……確かにそう、書いてありますけど……」

「大丈夫だよ。主上と秀麗だからね。力関係はどっちに傾いているかは自明の理だろう」

「でも……ま、万が一ということが」

ボソッと、珠翠がささやかな懸念を表明してみる。長らく後宮にいて、かつての劉輝の私生活をモロモロ知っている彼女にとって、王は健全な十九歳以外の何者でもなかった。

きらん、と邵可の目が光る。

「――そのときは主上といえど叩き出す」

珠翠はこのとき〝黒狼〟の姿をかいま見たと思った。早まったら王といえども五体満足では帰れまい。珠翠は内心冷や汗をかいた。頼むからおとなしく帰って下さい主上――。

「それに、今は静蘭のほかにもう一人用心棒がいるからね」

珠翠はくる途中に天井裏から見た男を思い出した。

「ああ、そういえばお一人、見知らぬかたがいらっしゃいましたね」

「そう。諸事情あって泊まっているんだけどね。彼は間違いなく静蘭より強い」

「何者ですか」

珠翠の目が険しくなる。あの第二公子より強い者など、逆にあやしすぎる。

「それは君の話を聞けば確信がもてると思うから、さあ、お茶にしよう」

淹れたばかりの湯気の立つお茶を邵可は珠翠のほうへ押しやる。

「まあ、彼らがいるんだから、王が一人で遊びにこようが、滅多なことにはならないよ。私の出る幕はないと思うよ。さて、珠翠、茶州の様子を教えてくれるかい」

珠翠ははい、と頷くと、決然と邵可の淹れてくれたお茶に手を伸ばした。

その夜、珠翠は邵可への愛と気力のみで、実の娘すら裸足で逃げ出す「父茶」を、何杯も飲み干したのだった。

第四章　黄尚書(しょうしょ)、仮面を外す

「曜春、我らが〝茶州の禿鷹(ハゲタカ)〟は、この王都でも超有名だということが判明した！」

茶店でまぐまぐと名物の紫州饅頭(まんじゅう)をほおばりながら「お頭」が重々しく告げた。

相変わらず日差しは強く、かんかん照りの往来に人通りはほとんどなかった。

「そうですね！　すごいですねーお頭！」

同じくまったりと冷茶をいただきながら曜春が相づちを打つ。

「なんと近衛(このえ)まで出動して我らを捜しているという。もはや我らはれっきとした大物だ」

「なんか、おそれおおいですね」

「ばかもの。我らの実力を思えば当然だ。ふ、近衛などにつかまってたまるものか。さて曜春、大物ならそれなりのことをしなくてはならん」

「それなりのことですか？」

ぱちくりと曜春が目をまたたく。

「そうだ、何もせずに王都見物だけしてのこのこ帰るなんて、有名人の名がすたる」

何もせず？　いや、自分たちはそもそもれっきとした目的があって、この貴陽にやって

きたのではなかっただろうか。しかし曜春がそれを思い出す前にお頭がつづけた。

「ここは一つ、有名人にふさわしい大きなことをしようと思う。すでに計画はできている」

「ええっ、お頭いつの間に！」

「ふふふ、お頭たるもの、いつも一歩先を考えているのだ」

「さすがです。それで、何をするんですか」

この時点で、お頭と曜春の頭からは、すでになんのために貴陽にきたのか、きれいさっぱり抜け落ちていた。

お頭は饅頭で口をもこもこさせながら、自信満々に宣言した。

「ふっ。聞いて驚くなよ。——王宮に忍びこんで、お宝をガッポリ盗んでくるのだ！」

＊　＊　＊

「燕青、ちょっといい？」

「んー……？　アレーもう朝か」

振り返った燕青はかなりげっそりとやつれていて、まるで屍人（キョンシー）のようであった。

「……もしかして、ね、寝てないの？」

「黄尚書から『みやげだ』とかいって山ほど決裁の書翰（しょかん）を渡されて……くそぉ。休みなんて嘘っぱちじゃねーか」

燕青は目をこすりつつあくびをかみ殺した。

秀麗も内心驚いたが、燕青は文官としてもなかなか良い働きをしているようなのだ。次々に机案に積まれていく仕事量がそれを物語っていた。黄尚書はできないことはやらせないので、かなりの戦力と見られているらしい。しかしますます摩訶不思議な髭男である。

今日は七日に一度の休日だった。人手が足りないのだから出仕すると秀麗はいったのだが、体を壊しては何にもならんといったのはお前だろうと黄尚書に切り返され、結局燕青ともども休みをとらされてしまったのだ。

「ご飯運んできたけど……どうしよう。じゃ、今日はちょっと無理かしら」

せっかくの休みだ。ある場所に行こうと燕青に話をしていたのだが、この一睡もしていない様子を見れば誘いにくい。だが燕青はのびをしながら、あっけらかんと言った。

「ん？　いや、大丈夫。行く行く。姫さん一人で外出させたら静蘭に殺されちまうもん」

「でも寝てていいのよ？　ちょっとした山登りだし、きついわよ」

「一晩の徹夜くらいどってことないって。結構よくやるし。朝飯食ったら元気になるから心配するなって。そいや邵可さんと静蘭は？」

「とっくに出仕したわ。いまは朝っていうより午に近いわよ」

「げ。マジ？　全然気づかんかった。じゃ、早く食って出かけるか」

猫のように顔をこすると、秀麗が用意した膳と向かい合い、燕青は猛然と食事を平らげはじめたのだった。

　自分でいったとおり、燕青は朝ご飯を食べて顔を洗ったらまったくいつもの通りになった。徹夜の痕（あと）はややこけた頬くらいしか残っていない。

「驚いた。でもあんまり無理しちゃだめよ。いい歳なんだから」

「……姫さんほんと、俺のこといくつだと思ってんだぁ？」

　ぶつぶつぼやきながらも、燕青は掃除道具一式を片手で担いで軽々と山道を登る。

「墓掃除かー。でもそろそろ墓参りの時期も終わりじゃねぇ？　あ、紫州は違うのかな」

「ううん、母様の命日が明日なのよ。だから掃除しとこうと思って」

「そっか」

　燕青はそれだけ言うと、ぽんぽんと秀麗の頭を軽く叩いた。

　今日も暑い。途中で咲いてる花を摘んでいこうと思ったのだが、今年はあまりの猛暑で季節の花も枯れてしまったようだった。それでもいくつか見つけては摘んでいく。

　花摘みを手伝いながら、思いついたように燕青がいった。

「そうだ姫さん。そこらからなんか苗木でも引っこ抜いてもって帰るか？」

「……え？」

「や、ちょっと庭院（にわ）がさみしーかなーと思って。綺麗（きれい）な花でもつける木とかさ。ど？」

　秀麗はやや沈黙したあと、微笑を浮かべて首を横に振った。

「……ありがと。でもいいの。重いし、帰るときに邪魔になるし」

「そっか」

燕青はやっぱりそれ以上何もいわなかった。秀麗はそのことに少しだけホッとした。

「そういえば燕青、あなたの元々の用事とやらはどうなってるわけ？」

「ああ、そろそろ片づけるつもり。だから姫さんちに厄介になるのもあと少しだな」

「そうなの……なんだか、ちょっと残念だわ」

「おや、嬉しーこと言ってくれるなー」

「だってあなたって、なんだかほんとにスルッて入ってきちゃったんだもの。……ちゃんと帰るとこ、あるの？」

「あるよ。心配してくれてありがとさん」

「あと、どのくらいいられるの？」

「そーだなぁ。まあ戸部に人が戻ったらと思ってたんだけど、姫さんの薬のおかげでぼちぼち戻ってきそうだから、まあ七日とか、そんくらいかな？」

秀麗は早速葉医師のところへ行って事情を説明し、夏バテに効く薬をたくさんもらってきていた。みなさんにわけてあげてくださいと、黄尚書と景侍郎に渡したのだが、効果はなかなかのものらしい。ちなみに薬代は事後承諾で霄太師もちだ。つまりは盛大にタカッたのだが、別に秀麗が目論んだわけではない。不思議な梅干し壺の話をすると、六十がみの葉先生は「ははあ、なるほど」と豪快に笑って勝手に霄太師につけてくれたのだ。

『はっはっは。いやいや、代金の心配はせんでええわい。こんなときに壺なんぞにかかずらっとるバカには、そんくらい役に立ってもらわんとな』

朝廷百官の長(おさ)にこの言い様。話しぶりからすると、葉先生は太師とずいぶん親しいらしく、聞けば昔から各地で顔を合わせてきて、いつの間にか知り合いになったという。

たどりついた山の中腹には、墓が点在していた。そのなかでも、奥のほうに秀麗は分け入る。ちょっと見にはわからないところにその墓はあった。

「へえ、いいとこに建ってるな。見晴らしもいいし、周りには四季折々の樹が植わってる」

「とっておきの場所でしょ？」

簡素なつくりの墓石に近づくと、墓前には誰かが先に手向けたのか、暑さでしおれた手摘みの花が置かれていた。

「お花……父様か静蘭がきたのね。先越されちゃったわ」

母の墓参に関しては、日を決めてそろって行こうということはあまりなかった。いつ頃からか、三人がめいめい、気が向いた時に無言で訪れるのが習慣になっていた。綺麗に掃かれた墓や線香の燃えかす、手向けの花だけが、誰かの訪れを告げる。

秀麗は黙々と掃除を始めた。燕青も黙ったままそれを手伝う。

すっかり綺麗になると、秀麗は手を合わせた。

じっと墓石を見つめる。そのまま、秀麗は長いあいだ動かなかった。燕青も何もいわず、その脇にただ佇(たたず)んでいた。

影の長さが変わるくらいの時間が経ってから、秀麗はぽつんといった。

「燕青は、家族は？」

「いたよ。兄弟姉妹だけでも六人いたな。ガキのころ、賊に押し入られてみんな殺されちまって、今は俺一人だけどな」

秀麗の顔色が変わったのに気づいて、燕青は屈託なく笑うと、ポンとその頭を叩いた。

「ごめんなさい……」

「昔のことだって」

燕青の口調は優しかった。上辺だけではない、心からの。

「しかし姫さんの母さんなら、さぞしっかりして飯のうまい人だったんだろーなぁ」

「……ええ？……そうねぇ……しっかり…はしてたけど、多分あなたが思ってるような人じゃないわよ。父様と同じくらい不器用で、いろいろ頑張りはするんだけど、一緒にやってた私のほうがどれも早く上達してたもの。ああでも、木から果実をとるのはとっても上手だったわ。秋には静蘭と母様が柿や栗を落として私と父様が拾ってたの」

「……それ、男の役目だろ……」

「そういうのが好きな人だったのよ。何でも面白がってたわ。いつも笑って、元気で、たくさん遊んでくれたわ。病弱だった私の看病もつきっきりでしてくれた」

「病弱？　だ、誰が？」

「昔は体が弱かったの。何よその目。信じてないわね」

「嘘だろ」

「ほんとよ。母様がいなくなってからは、不思議と丈夫になったけど」

「じゃあ、母さんの加護だな」

秀麗はうつむいた。

「……その日ね、雷がねぇ、鳴ってたの」

小さな声に、燕青はすぐに察した。その日。

「そっか。だから、姫さん雷が嫌いなんだな」

「……嵐みたいな日だった。雨音が耳にいたくて、風の音が怖かった。薄暗い昊(そら)がときどき目に痛いくらいに光って。蛇みたいな稲妻が何本も現れて消えて」

記録的な雷雨の日だったのに、まるで子守歌でもきくように眠るように逝った母。

「……母様、すごく元気で丈夫な人だったの」

「ああ」

「なのに、本当に急に……前の日まで笑ってたのに……次の日には動かなくなってた」

「そうか」

「……私はそのときも思ってたけど、母様が動かなくなってしばらくしたら治ったの」

「母さんが守ってくれたんだな」

燕青の言葉は本当に空気みたいだった。すうっと身体の中に入って、しみとおる。途端に涙があふれてきた。ぼろぼろと、秀麗の頰を熱い涙が伝った。

三人一緒にお墓参りに行きたがらないのは、なぜ？　多分三人それぞれに理由がある。

（……私にも、ある）

邵可と静蘭には絶対いえなかったことがある。いったら絶対、「そんなことないよ」と慰めてくれるのがわかっていたから。自分と同じくらい母を愛していた二人に、自己満足のためにそんなことはいわせられなかった。

二人の前では、泣けなかった。だからいつも一人の時間に墓参りにきていた。

「わ、私が母様の命……吸いとっちゃったんだぁ……」

「んなことあるか」

「私のかわりに母様死んじゃっ……た……っ」

「もし本当にそうなら、母さんも本望だろ」

「夏……嫌い……雷も……大切なものみんなとってくの」

だから、静蘭が賊退治に加わると聞いたときも不安だった。別の季節ならなんの心配もしなかったけれど、よりにもよって今の時期に――と。

とうとう秀麗はしゃくり上げはじめた。子供のように泣く秀麗を、燕青は抱きしめてくれた。燕青は秀麗が欲しい言葉をそっくりくれた。何をいって欲しいのかわかっていて、その通りのことをいってくれた。嘘も慰めも感じさせない、ごく普通の口調で。

秀麗はその言葉に思いきり甘えた。母様を知らない人だからこそ、素直に甘えられた。

「そんなことないよ」という言葉を誰かにいってほしくて。ずっと一緒にいる人じゃないからと、わざといわせた。卑怯で子供っぽい自己憐憫。

燕青はそれをわかってて付き合ってくれた。

「だから日に日に元気なくなってたのか。静蘭も邵可さんも心配してたぞ」

静蘭と父様を足して二で割ったみたい、と秀麗は泣きながら思った。優しくて大きい。

「こう毎年毎年夏が来るたび暗くなられたら、母さんも墓の下で泣くぞ。俺も家族亡くしたのは夏だったけど、夏好きだぞ。大事な思い出のほうがずっと多いからな。姫さんは？」

「わす……れた……そんなの」

「思い出せるよ。そしたらきっと夏も好きになる。夏だけ抜けてるなんて勿体ないだろ」

「そう……かも」

「そうだよ」

低い声は、心にするりとすべりこんできて、耳に心地よかった。

「姫さんももう十六だからな。いい潮時だからそろそろ大人にならんとなー」

「……？」

「今年で、暗い夏は終わりってことだよ。周りに心配かけるなんざ、まだまだ子供だ。俺に甘やかしてもらったから、もうできるだろ？」

「……あなた、優しくて厳しい人ね」

「いい男の秘訣だからな！」

胸を張った燕青に、秀麗は顔にあたる髭を軽くひっぱった。

「このもじゃ髭剃ってからいって」

「この野性的な髭の魅力がわからんとは、やっぱりまだまだお子様だぜ」

「……明日まで」

「ん？」

「母様の命日までには元気になるわ。約束する」

燕青は破顔した。

「いい女に一歩近づいたな、姫さん」

＊　　＊　　＊

「なんか、妙にゴキゲンだねぇ」

「気味悪いな」

楸瑛と絳攸が呟いたのも道理、彼らの主はその日一日、妙にへらへらした顔をしていた。

「秀麗殿のこと、バレたかな？」

「まさか。そしたらまっさきに俺たちにくってかかるだろう。なんで教えてくれなかった！　とかなんとか」

「それもそうか」

「絳攸、こっちの書翰はもう処理し終えたぞ。さあ、次はどれだ!?」

彩雲国国主・紫劉輝は晴れ晴れとしていた。肌などつやつやぺかぺかだ。ついでにいつもの二倍の処理速度と、五倍のやる気がみなぎっている。さすがの絳攸も不審に思った。

「主上、なんかヘンなもんでも拾い食いしたんじゃないでしょうね。そこらに生えてたキノコとか、アヤしげな草とか、虫とか、生ゴミとか」

「……余をなんだと思っている……」

好奇心の赴くままに何でも口に入れる五歳児。とはさすがに口に出さなかったが、顔には出ていたらしい。楸瑛が横を向いて小さく吹きだした。

しかし上機嫌の劉輝はそんな無礼な臣下の物言いにも、異様なまでに鷹揚だった。

「ふ。まあ今日だけは許してつかわす。余は今宵『夜這い』を決行することにしたのだ」

絳攸と楸瑛はそろって目を点にした。

「……夜這いだと？」

「ちゃんとその旨も文にしたためて邵可に送った。そしたら構わないと返事がきた」

「……えーと、主上？　ちなみにその文、なんて書いて送ったんです？」

楸瑛に問われて、劉輝はそらんじるように中空に視線をやった。

「夜に訪ねる。できれば秀麗のご飯が食べたい。二胡も聴きたい。邵可と静蘭と一緒に、一晩過ごせればありがたい。空いてるのは四日後なのであるがどうだろう、と」

どこが夜這いだ、と臣下二人は同時に思った。それでは単なるお宅訪問だ。

「主上、いっときますが私は一応近衛の将軍なんですがね。そんなことバカ正直にいって、私に邪魔されるとは考えなかったんですか」

「ちゃんと朝議には間に合うように戻ってくるぞ？　それにたまの息抜きは必要だとよく楸瑛もいってるじゃないか」

「……あなたのその素直さにはほとほと敬服しますよ」

「まいったな。そう褒めるな」

「ぜんぜん褒めてません。……まあ行き先が邵可様のところで、単なる一泊みたいですし、一日くらいならいいでしょう。絳攸？」

「駄目といったって行くだろうが。大体お前が止めないものを俺に止められるか。が、出かけるなら、そのぶんの仕事を早回しで終わらせておいてもらいましょうか」

このやる気、無駄に発散消費させておくのは勿体ない。せいぜい利用して政務処理に役立ててもらおう。素早く算段を立てた彼らは有能かつ非情なる配下であった。

「じゃ、次はこっちの書翰をお願いします。終わったら向こうの書翰。合間に乱雑な机案まわり、自分でちゃんと整理整頓しておくように」

「うむ！　今の余に不可能はないぞ！」

さりげなく雑用を押しつけられたことにも気づかない、ただいま絶好調な劉輝十九歳。

「そういえば主上、例の草案のほうは進んでますか」

「ああ。もう少し待ってくれ。まだ直しが終わってないのだ」

せっせと政務に取り組む劉輝に、楸瑛は面白半分に訊いてみた。

「でも主上、秀麗殿をそばに置くのに、なんだってそんな回りくどいことをするんです？　いまのあなたなら今度こそ正式に下命して後宮に召しあげられますし、それが普通ですよ。紅家が貧…経済的に苦しいとはいえ、家格と血筋を鑑みれば反対する者もないでしょう」

むしろ政治的変動がないということで、最初の妾とするに絶好な安全牌と思われて諸手を挙げて歓迎されるはずだ。徐々に「女性」に慣れさせ、各重臣が自分の娘を最高の条件で送り出す腹づもりでいるのは間違いないが。

「それがいちばん確実な方法だと思いますが？」

「そうか？　余はそうは思わぬ」

書きものに気をとられ、やや上の空で劉輝が呟く。

「秀麗は自ら後宮を出ていった。それは、後宮にとどまる気はないという、秀麗の意志だ」

――ひいては、劉輝のそばにもとどまる気はないということ。

自分で考えておいて劉輝は落ちこんだ。どよーんとした空気が劉輝の周囲にたれこめる。心なしか筆のすべる速度が遅くなっていく。それでも劉輝はボソボソと言い続けた。

「それなのに、今むりやり後宮に召しあげたら、きっと秀麗は怒るだろう」

「春だって毎日さんざん怒られてたでしょう」

「それとは違う…気がするのだ。秀麗は優しい。怒っているときだって優しかった。いつだって余のために怒ってくれた。余はそれが嬉しかった。でも」

言いよどむ。なんと表現したらいいか、うまい言葉が見つからない。

「……許してくれることと、許してくれないことがあると思うのだ。今度のことは、多分後者だと思う。後宮に召しあげることは簡単だが、……何かが、壊れる、気がする」

自分でもよくわかっていないようで首をひねる劉輝とは逆に、楸瑛は目を丸くした。

――よくわかっている、と思った。

秀麗は後宮に戻る意志はない。それはもう、見事なまでにない。春の出来事は彼女のなかで人生における十大椿事の一つとして処理済みの棚に分類されており、なつかしみはしても掘り返す気などさらさらない「過去」の話になっていた。

秀麗は劉輝を好いているが、それは恋愛感情とはまた別のものだ。本能的にそういう感情をもつことを排したのかもしれない。彼女は聡い。「王」を愛するということ、ひいては名実ともに妃となることの意味を無意識下に悟り、拒絶した可能性は高い。

だからこそ彼女は恋愛感情をもたないことで逃げ道を用意し、引き際を見逃さずにスタコラと街へ戻ってしまったのだ。

今度劉輝が王の一存で後宮へ召しあげれば、それは秀麗にとって大切なものをすべて捨てて、男と女の関係を強要されることを意味する。だが多分、今の秀麗には到底受け入れられるものではない。一度親しくしたからこそ、なおさら理不尽に怒りが募るだろう。数ヶ月前の関係には二度と戻れず、劉輝の望むものは今度こそ手のひらからこぼれおちる。

（権力者ほどそれがわからなくて、むりやり手に入れようとするものだけど）

劉輝は無意識とはいえ、理解しているのだ。だからこんなに回りくどい手を打ち、時を待つほうを選んだ。彼女の意志を阻害することなく、少しずつ確実に手に入れる方法を。

（……ひょっとして、女性を陥落させる天性の才では私より上かも？）

しかしながら劉輝の道は険しい。本人は恋愛初心者かつ天然、相手は恋愛未満かつ意志強固な女性であり、おまけに彼女の前には遥か高いカベがいる。初心者にしてはずいぶん難易度の高い相手を選んでしまったものだ。

ふと、楸瑛は自嘲の笑みをもらした。

（……まあ、私も人のことはいえないか）

楸瑛は冠なしの劉輝の頭をおもむろにくしゃくしゃとなでた。にっこりと笑う。

「まあ、お頑張りなさい。あなたはなかなか見込みがありますよ」

＊　＊　＊

──戸部。妙に空っぽに見える執務室に、景侍郎は今日何度目かになる溜息をついた。

「あの元気な二人がいないと、この室も寂しいですね、鳳珠」

「……その名で呼ぶな」

「いいじゃないですか二人だけですし。大体奇人なんてみっともない名では呼べません」

「…………」

十年以上飽きもせず一緒にいてくれるしたたかな癒し系・景柚梨には、黄尚書もいまいち強く出られないところがある。

「いつもの宝物庫の点検も、一人だとなんだか変な感じがしますね」

隠し金庫から宝物庫の鍵(かぎ)をとる。それを腰につけながら、景侍郎はふと室を見回した。

「この室、こんなに広かったでしょうかねぇ」

ぽっかりと空間が空いてしまったような気がする。たった半月とちょっとなのに、あの二人はこんなにもなじんでしまったのかと驚く。

「李侍郎に言って、ずっと留め置いていただくわけにはいかないでしょうか。燕青さんはさすがに無理としても……秀くんなら」

「いや、それは無理だろう」

「なぜです？」

仮面がじっと景侍郎を見る。呆(あき)れたような視線を正確に感じとり、景侍郎はむっとする。

「なんですか」

「……お前、本当に気づいてないのか」

「は？　何をです」

「いや……まあ、いい。李侍郎はいずれ秀が国試を受けるといってたんだろう」

「いいえ、官吏になった暁にはと、はっきりおっしゃってましたよ」

黄尚書はやや沈黙した。何を思ったのか、滅多に放さない筆を擱(お)いた。それは本当に大事な話をする時の黄尚書の癖だった。

「柚梨、以前王が突然言い出した国試女人受験制のことを覚えているか」

「ええ、もちろん。あなたは無言で途中退席しちゃって、あとの言い訳が大変でしたから」

「……悪かった」

「なれてますから。それにあのときのあなたの態度は致し方ないと思いますし」

「気になっていることがある」

「ああ、吏部尚書のことですか」

黄尚書は苦虫を噛み潰したような顔をした、ようにみえた。少なくとも景侍郎には。

「……何でお前はそうズバズバ見抜くんだ？」

「そりゃあ仮面をかぶる前からあなたのそばにいるんです。そのくらいわかります。……確かにあのとき、吏部尚書がさしたる反対をしなかったのには驚きました。もちろん積極的に賛成もしてませんでしたけれど」

「あのくそったれは私たちの知らない情報を握ってたのかもしれん」

「……くそったれって……相変わらずですね。吏部尚書にはよく贈り物を頂いてるのに」

「あのヘンな仮面の数々か？　あれは嫌がらせというんだ」

「そんな、素顔のあなたと対等に向き合ってくださる数少ないご友人なんですから、昔のことは水に流してお付き合いなさったらよろしいのに」

「ふざけるな。死んでも御免だ。誰が友人だ。あんな男くそったれで充分だ」

相変わらずの剣幕に、景侍郎が溜息をつく。いつも冷静沈着な黄尚書だが、吏部尚書のこととなると一転して頑固で感情的になる。

「で、女人受験のことですけれど――」

そのとき、庭院先から何やら騒々しい音が聞こえてきた。

「つかまえろ！」とか「向こうへ逃げたぞ！」などという衛士たちの怒鳴り声が耳に入ってきて、黄尚書と景侍郎は顔を見合わせた。

「猟犬でも逃げたんでしょうか？」

景侍郎が半分ひらいた窓のほうに顔を向けた途端、その窓から猟犬ならぬ二人組の黒装束の少年たちが飛びこんできたのだった。

時は少し遡る。

「うーむ、なぜこんなにあっさりと見つかったのだ？　我らの潜入は完璧だったはずだ！」

全身黒ずくめの衣装に身をつつんだ「お頭」は、叫び声を上げて追ってくる近衛から逃げるために庭院を全力疾走していた。

「有り金はたいて黒装束を新調したのにヘンですねー？」

同じく脱兎のごとく逃げながら首をかしげる曜春。真夜中ならともかく、まだ日も落ちきっていないこの時刻にいかにも「アヤしげです」と宣伝してるその黒装束こそがあっさり見つかった要因だとはまったく思いもしない二人である。

彼らは根本的に間が抜けていた。だが同時に恐るべき強運と脚力の持ち主でもあった。

「お頭ー、なんか、どんどん奥に行っちゃってる気がしますけれど」

「むう。磁石はさっき落としてしまったしな」

「日が傾いてますから、あっちが西ですよ！」

「バカモノ！　どっちからきたのかもうわからんのに、西がなんの役に立つ！」

では磁石がなんの役に立つのか。などとお頭は考えない。

もともと猛暑で人が少なかったうえに、実に羽林軍の半分が賊退治のために城下へおりていた。そして見つかったとはいえ、逃げ足の速さと身の軽さだけは折り紙付きの厄介な二人は捕まることなく遁走(とんそう)し、屋根を伝って行きどまったところを飛び降り――ちょうど開いている窓へ飛びこんだのだった。

景侍郎はあまりの出来事に絶句していた。……なんだ、この黒い二人は？

そして飛び降りたほうも別の意味で仰天した。

「うおっ!?　こ、こんなところに怪人仮面男が――曜春！　ここは死んだふりだ！」

叫んで「お頭」はつぶれたカエルのようにバッタリ倒れた。つられて曜春も死んだふりをしかけ――ハッと思いとどまる。

「お、お頭ー！　それはクマと出会ったときです！」

「ハッ、そ、そうか。怪人仮面男の対処の仕方は——そうだ、塩だ！」

飛び起きたお頭は懐から旅用の塩袋を取り出し、黄尚書に向かってぶちまけた。

そのあまりに脈絡のない行動を予測できず、黄尚書はまともに塩をかぶってしまった。

「おおお頭ー！　それって幽霊とかなめくじとかの対処法じゃなかったですかぁあ」

「似たようなものだろう！　しかし真っ昼間から出るとは非常識な怪人だ！」

黄尚書は無言で仮面にかかった塩をぬぐった。景侍郎はその仕草に内心うめいた。

（……お、怒っている……）

近ごろでは珍しいほどに。……これはまずい。

仮面の目や鼻の穴から塩が入りこんだのか、黄尚書の機嫌がみるみる悪くなっていくのが景侍郎には手にとるようにわかった。

「お頭ー！　全然効いてないみたいですよぉおお」

「な、何ぃ。じゃ、砂糖か!?　とんがらしか!?」

「き、君たち、悪いことは言いませんから、ね、今のうちに近衛の方々に捕まった方が」

黄尚書が後頭部に回った仮面の紐に手をかけた。

「あっ、いけません鳳珠！」

景侍郎が止める間もなくほどいた紐が、はらりと落ち、追って仮面が外される。

「でたな怪人仮面お……」

髪や顔面の塩を払い落としながら、黄尚書はじろりと闖入者たちを睨みつけた。

その顔をもろに見てしまった少年たちは絶句した。いや、思考回路がぶっ飛んだ。久しぶりに見る素顔に景侍郎もしばらく息をのんでいたが、そこでハッと我に返った。

「うわわ、手加減してあげてください鳳珠！　あなたは気功の達人……っ」

そのとき、固まっていた少年たちは弾かれたように両脇に飛びすさった。本能で呪縛を解き、あやうく吹っ飛ばされるのを免れた二人に黄尚書の双眸が細められる。

「曜春やばいぞあの男っ！　我々を石にする気だっ！　目を合わせちゃいかん！」

「ええ。まだ仮面してたほうがましでしたねッ」

うわーと景侍郎が額を押さえた。すごい追い打ち。

黄尚書のこめかみに青筋が浮いた。

「……人の顔をごちゃごちゃと……私は猛獣か？」

「まずい。これは相手が悪いぞ曜春っ。よし」

「逃げるんですね！」

「バカモノっ、明日へつながる名誉ある撤退といわんかっ」

強運ともども逃げ足にも定評のある二人はあっというまに駆けだした。その際、「お頭」は景侍郎とぶつかり、拍子に彼の腰辺りにあった何かに手を引っかけた。堅くてほどよい重さのそれを反射的に左手でつかむと、再び入ってきた窓から飛び降りる。

あまりに見事な逃げっぷりに、追いかける気さえ起こらないほどだった。

「ちっ、逃げ足の速い……！」

黄尚書は悪役全開の台詞を吐いて忌々しげに舌打ちすると、まだ衣の上や髪にまばらに残っている塩を払い落とし、再び仮面を装着した。

「……まったく、これを外すことになろうとは思わなかった」

いかにも苛立たしげな声に、景侍郎はくすりと笑った。

「笑いごとじゃないぞ柚梨」

「ええ、でも燕青さんなら一笑して元通りな気もしますけれど。あの二人が非番の日で助かった」

「ええ、でも燕青さんなら一笑して元通りな気もしますけれど。秀くんは驚くでしょうけど、一生懸命見なかったふりをして、いつも通りに接してくれるんじゃないでしょうか」

何せあなたの仮面を外す機会に恵まれながら、何もしなかった子ですからね。……そう言外にいわれて、黄尚書は仮面の中の視線を逸らす。

「……ところで柚梨」

「はい？」

「お前、さっきまで腰に宝物庫の鍵をつけていなかったか」

「え？　ええ。定期点検に行こうと思ってましたから。って……ああっっ!?」

腰の辺りをさぐった景侍郎はみるみるうちに蒼白になった。慌てて床にはいつくばって鍵の行方を探ろうとするが、上官に止められる。

「無駄だ。多分ぶつかりしなに持っていかれたんだろう。私に塩をぶちまけた方の手にそれらしいものが握られていた」

黄尚書の動体視力を知っていた景侍郎はますます青くなった。

「ちょ、嘘でしょう⁉　なんでそんなに落ち着いてるんですっ」

彼は大急ぎで窓に駆け寄ったが、もはやあの二人組は影も形もない。

「あれは……あれは国にたった一つしかない…鍵なんですよっっ⁉」

景侍郎は悲鳴のように叫んだが、自らの危機管理の甘さを嘆いたところでもう遅かった。

＊　＊　＊

「今日のご飯は何がいい？」

墓掃除の帰り、秀麗は燕青と連れだって街を歩いていた。珍しく大泣きしたせいか、ずいぶん気分が良くなっていた。一人で泣くより落ち着いたのはきっと気のせいではない。

「口止め料に、できる限りきいてあげるわ」

「お、やったね。んーじゃ、山菜が食べたいなー。キノコとか菜っぱとか」

「ずいぶん謙虚ね。そんなんでいいの？」

「うん。とりあえず山菜食えればいい。俺、昔は山で駆けずり回ってたからさ、肉も好きだけど、山菜も好きなんだよな。山登りして恋しくなった。調理法は姫さんに任せる」

「じゃ、何か見繕って帰りましょうか。……って、あら？　なんかヘンな人がいるわね」

この暑いのに、全身黒装束の二人連れが通りの向こうからとぼとぼ歩いてくる。

つられて燕青も秀麗の視線の先を何気なく眺めた瞬間、げっと呻(うめ)いて固まった。

「真夏にあんなカッコしてバカじゃないの。全身黒ずくめなんて……あら、小さいほう、ふらふらしてる。あ、倒れた。――大変！」

よろめいていた小さな黒装束がぱったり倒れ、もう片方が慌てたように抱き起こす。

それを見た秀麗は、とっさに駆けだしていた。

「あっ、姫さんちょっと……なんて耳にはいるわけねーか」

燕青はのび放題の髪をガシガシとかきむしると、仕方なく秀麗のあとを追ったのだった。

突然倒れた曜春に「お頭」は仰天した。

「おい曜春、曜春!?」

「揺すっちゃだめ！」

凜(りん)とした声が降ってきた。見ると、見知らぬ少女が膝(ひざ)をつき、険しい顔で曜春をのぞきこんできた。彼女は手早く曜春の覆面を外し、額に手を当てる。

「……熱中症ね。この暑いのにこんなの着こんで……まったく何考えてるわけあなたたちは。ほら、あなたもとっとと上着脱いで。この子の名前は？」

「曜春……」

秀麗は軽く少年の肩を叩(たた)くと、耳元で名を呼んだ。

「曜春くん、曜春くん、聞こえる？」

「……う……はい……」

「よかった。意識はあるみたいね。脈は……弱いけど、すごくってわけでもない。呼吸は大丈夫ね。手足の痙攣は……右のふくらはぎが少し。あなたお塩もって――ないわよね」

「持ってるぞ！　あ、ああしまった！　あの怪人仮面男に全部投げつけてしまったぁっ！」

「怪人仮面男？」

秀麗の脳裏に該当する人物が一名浮かんだが、すぐに打ち消す。……まさかね。

「お塩はないのね。じゃ、すぐに近くの家に行ってお塩と水を」

「ほい姫さん、食塩水と砂糖水。そこの店でもらってきた」

「燕青。よくわかったわね。ありがとう。問題は飲めるかどうかだけど……」

濃度を確かめてから、曜春の口に食塩水をふくませる。ややあってこくりと嚥下する。

「よかった。水分は飲めるみたいね。あとは冷却だけど……氷って高いのよね。特に夏は。ここらへんじゃちょっと無理だわ。しょうがない。燕青、うちに運んでくれる？　葉先生には往診してもらったほうが早いわ」

「――私の家のほうが早い」

不意に聞こえた涼やかな美声に、秀麗は振り返った。そして――絶句した。

それどころではないはずなのに、目の前に現れた顔に秀麗はあんぐりと口をあけた。まったくもって唖然とした。燕青もまじまじと目を見ひらいて、無意識に「……すげぇ」と呟いた。そして「お頭」はああっと声を上げた。

「お前は！　怪じ……」

「この少年を助けたかったら黙っていろ」

じろりと睨みつけられ、お頭はうっと口をつぐんだ。

絵に描いたような美人——どころの話ではなかった。絵にも描けない美しさとはこういうことかと思った。なめらかで白い肌はまるで陶器のよう。とおった鼻筋も、引き結ばれた唇の形も、長い睫毛の一本一本まであり得ない完璧さで整っている。はらりと額にかかる髪の感じさえ美しく、冷ややかでどこか不機嫌そうな双眸も、整いすぎた造作をますます魅力的にしていた。これほどの美貌に、秀麗も燕青もいまだかつてお目にかかったことはなかった。しかも性別は男だ。二の句が継げないとはまさにこのことだった。

ここまで整った顔だと、何をするにも迫力だった。彼がおもむろに手を伸ばして曜春を引き上げる姿さえ、一葉におさめておきたいほど優美である。だが実際は結構乱暴な手つきで曜春を燕青に押しつけると、玲瓏玉のごとき声で短く告げた。

「軒を寄越す。待っていろ」

「へ、あ、はぁ」

男はすれ違いざま、燕青にだけ聞こえる声量で囁いた。

「——くれてやった『みやげ』は全部片づいたんだろうな」

今度こそ燕青は啞然とした。

嘘だろ…と心の中でうめいた。まったく悪夢に違いない。ナゼあの仮面の下があれ!?

（いや、そうか……わかったぞ。なんであの人の素顔が朝廷全体で禁忌になったか……）

あの顔は凶器といってももはや過言ではない。彼が万一女だったら、傾城の美女として歴史にその名を轟かせただろう。あれはまったく隠しておいたほうが世のため人のためだ。

つくづく、彼が男でよかった。しかも侠気も理性もあって、美貌に驕らず才を重視し、自分の評判に一切頓着しない男だったためにこの彩雲国は救われたのだ。彼に美貌以外のどれかひとつでも欠けていたら、今ごろどうなっていたことやら。

（……しかしなんだって、仕事ほっぽりだしてこんなとこにいるんだ？）

よりにもよって、あの仕事一筋の彼が。


彼の家は彩七区の一つ、黄東区に居をかまえる大邸宅だった。無駄に広すぎる秀麗の家より敷地面積は狭いが、荒れ果てて大半が使用不可の邵可邸と違って、こちらは庭院も室も、すみずみまでキッチリ手入れが行き届いている。

なぜか彼は名を言わず、邸に入るときも裏門からこっそり入り、一同を手引きして使用人のほとんどいない離れに曜春を運んだ。実は彼は邸でもよっぽどでない限り仮面をかぶっているので、素顔をさらしたまま帰ると、使用人たちも阿鼻叫喚の騒ぎで使いものにならなくなるという理由からだったのだが、そんな事情など秀麗たちは知るよしもない。

　呼ばれてきた葉医師と秀麗とで手当が始まり、別室で待っていた燕青は、ひとり残された自称「お頭」を前に溜息（ためいき）をついた。後ろの長椅子で優雅にくつろぐ素顔の黄奇人をチラチラ気にしつつも、もう仕方ないと思い切ることにした。

「……まったく、のこのこ山からでてくるからこんなことになんだぜ？　翔琳（しょうりん）、だっけか」

　青い顔でうつむいていた少年は、驚いたように顔を上げた。

「なんで俺の名前を」

　今度こそ燕青はあきれ果てた。

「……お前ら、いったい何しにここまできたんだぁ？　まったく。すっかり当初の目的忘れ果ててやがるな？　まあだからこそ俺も毎晩木の上でぐーすか野宿してたお前らほっといたんだけど。追っかけてる相手忘れんなよバカタレ」

　長い前髪をかきあげると、左頰に十字傷が現れる。それを見た翔琳は跳び上がった。

「ああっ、お、おまえ――――ッ！　くっ、観光に夢中ですっかり忘れてた」

「んなこったろーと思ったぜ……。なんだ、やんのか？」

　美貌の黄奇人は、それを止めるでもなく黙って見ている。

　翔琳はすとんと腰を下ろした。ゆるゆると首を振る。

「……やめておく。お前たちは曜春を助けてくれようとしてる。親父殿から恩を受けたら絶対裏切るなって言われた」

　燕青はカリコリと頰をかいた。

「……なあお前、その〝親父殿〟についてなんだが、なんかすっげぇ勘違いしてねぇ？」

「何だとぉう」

ちょうどそのとき、施術室の戸が開いた。

「はー、終わった終わった」

トントンと腰を叩きながら葉医師が出てくる。やけにのんびりした口調だった。

それを見た翔琳はガバッと立ち上がった。

「お、お医者殿！　曜春は——曜春の容態はそれほどまでに悪いんですね⁉」

「……ほい？」

「お医者殿は俺を落胆させまいとそんな呑気(のんき)な態度を貫かれて……ッ」

「や、もう全然大丈夫なんじゃが。幸い軽度の熱中症だったし」

「慰めは結構！　軽度で失神までいたしますまい！　男翔琳、万一の覚悟はできております。はっきり言ってくださいッ」

しーん、と座が静まりかえった。燕青は、ナゼ翔琳少年が自分の〝親父殿〟についてあれほどまでの勘違いをしたのか、その過程を見たような気がした。

これは何を言ってもだめっぽい、と葉医師も思ったらしく、しかつめらしい顔を作った。

「……実はな、翔琳殿、曜春殿を救う手だては一つだけある」

「何でも言ってくださいッ。地の果てまでも薬を探しに行きましょうぞッ」

「うむ、この裏手の山に石斛(せっこく)という多年草が生えてるんじゃが、それを生薬にして飲めば」

「曜春の命はかろうじてつながるのだな⁉　今夜中に摘んでくるッ！　おやすいご用だ」

風のように窓から飛び出すと、ものすごい速さで夕闇の中に消えていったのだった。

「……どういう草か、知っておるのかのう……」

「ああ、その点は心配いらないと思います。確かあいつ、ガキのころから峯盧山に住んでたはずだから、草木には詳しいはずだし。親父さんも生薬づくりの名人だったし」

「……石斛の生薬なら、うちにもあったはずだが。滋養強壮の薬だろう」

黄奇人は無表情にボソッと呟いた。石斛は別に珍しい生薬ではない。

「まあ、何かやってたほうが気が紛れるからのぅ。それにしても」

葉医師は眉目超絶秀麗な奇人を見て、てれっと笑み崩れた。

「いやぁ、往診にきてこんな美人さんに会えるとは、ついてるのう。わしの長い人生でもまったく滅多に拝めない美人さんじゃ。……しかしなぜおなごじゃないのかのう」

ぺたぺたと平らな胸をつまらなそうになでる葉医師を、奇人は視線だけで見下ろした。

怒りをおさえた美人の眼差しは、ときに人ひとり簡単に射殺すくらいの効力がある。こうも切れ味鋭い視線を注がれてまったく動じないとは、この葉医師もタダモノではない。

冗談でなく室の空気が冷たくなったと、燕青はぶるりと身震いした。

奇人の指がついと葉医師に伸びる。その一動作さえ思わず見惚れそうになるほどだが、何をしようとしているのか悟った燕青は慌ててその腕を寸止めした。

「わわわわそこまでっ！　お医者さんぶっ飛ばしたら駄目でしょやっぱり」

「……よくわかったな」

奇人はチッと舌打ちした。何とお面を外したらずいぶん好戦的な人である。

「何、わしをぶっ飛ばそうとしたじゃと？　激しいところも魅力的じゃな～」

呵々と大笑する葉医師に、ますます怒りいや増す黄奇人。表情がもろにわかるぶん――しかもどの顔もド迫力の美貌――仮面をしていたほうがましだった。燕青は今初めて手綱を握る景侍郎の偉大さを思い知った。彼はどうやってこの危険人物を止めているのだろう。

いよいよ風前の灯火となった葉医師の命を救ったのは、施術室からひょっこり顔を出した秀麗だった。

「燕青、うちまで文出してくれた？　ずいぶん遅くなっちゃって……ご飯どうしよう？」

「なあ姫さん、今日はここに泊めてもらおうぜ」

燕青の唐突な提案に、秀麗の眉根が寄った。

「……はあ？」

「気になるじゃん、曜春少年の容態。まだ小せーしさ。一日くらいは様子見が必要だろ。それにもう片方は弓箭みてーに裏山へ飛んでっちまったし」

「そりゃ確かにそうだけど……じゃ、お夕飯の支度だけしたいから、一旦……」

「大丈夫だって。ガキじゃあるまいし、あっちだってなんか適当に食ってるって」

さすがの秀麗も不審に思った。

「なんか、隠してない？」

「えーっと、実はもうここに泊まるって書いて文だしちまってさー」

「ええ!?　何、そんなにここが気に入ったの？　そりゃうちはボロ邸だけど、ってそうじゃなくて。ちょっと勝手じゃないの」

「う、ごめん。勘弁。謝る」

外聞もなくぺこぺこと頭を下げる燕青に、秀麗も毒気を抜かれた。本当に燕青は人の心をなだめるのがうまかった。仕方ない、という気分にさせられてしまうというか。

「……はあ、まあ、もう文出しちゃったんなら仕方ないわね。ええと、じゃあすみません、通りすがりの親切なかた。ご厚意に甘えて一晩ご厄介にならせていただきます」

素顔をさらした黄奇人の正体にまったく気づかないまま、眩しげに目を細めて丁寧に頭を下げると、秀麗は曜春の容態を見に葉医師ともども室に引っ込んだのだった。

直後、絶対零度の美声が響いた。

「……燕青。いつのまにそういうことになったんだ？　お前、文なんぞ書いてなかろう」

「え、はははー。今から書きます、今から。ってことで一晩だけよろしくお願いします」

「なぜ」

「ええっとぉ、邵可さんとこに迷惑かけるとある人に殺されちゃうんで。通りで翔琳が大騒ぎしてくれたおかげで、多分他の連中にも気づかれちまったから。今夜が山場かなーと」

かなり抽象的な物言いだったが、奇人は正確にその意味するところを汲み取った。燕青が戸部にきてから、水面下で奇人なりに情報は集めていた。大体の状況は察している。

「つまり、今夜ここに『団体客』がくるということか」

「え、へへへ。まあ、そういうことです。ここなら多少壊れてもお金持ちだし、警護兵もいるし、広いし、ご主人は口が堅いし、身分高いし偉いし、俺の正体も知れてるし、まさにお客さんをとっつかまえるのにステキに理想なとこだなーって」

ますます奇人の顔が険しくなる。結構俺、頑張ったでしょ？　でしょでしょ？　そのご褒美ってことで。よッ、大将太っ腹。なんならお面の新作手づくりして御礼しますから」

「いらんわ！」

「姫さんに大将の正体バラしたりしませんし」

「秀が女だということがバレて困るのは、お互い様だろう」

「あんたは言わないよ」

にっかと燕青は笑った。

「言うつもりならとっくの昔にバラしてるはずだからな」

真っ向から自分の素顔を見据えて一歩も引かない者を久々に見つけた、と奇人は思った。

「……好きにしろ。ただし私は手伝わないからな」

「もちろん。多分増援、最低一人くる予定ですし、ご心配なく。姫さんとお子様組のほう、見張っててください」

「誰がお前の心配などするか」

「お褒めにあずかり光栄です。……ところで黄尚書、お歳はいくつで？」

奇人はちらりと髭もじゃ燕青を見た。そしてひと言答えた。

「お前よりは年上だ」

＊　＊　＊

燕青から届いた文を囲んで、邵可邸に集まっていた男たちはうーんと眉を寄せていた。

「な、なぜよりにもよって今日なのだ……っ」

宮城を抜けてお忍びでやってきた劉輝は、到着時の朗らかさはどこへやら、怒りでぷるぷると震えていた。

「申し訳ありません、主上。娘が帰ってきたら伝えようと思っていたものですから……」

邵可は困ったように文面を見下ろした。

「主上もつくづく間が悪いですねぇ。やっぱり縁むすびの赤い糸は三月前にぷっつりと切れたのかも」

「もともと繋がってなかったんだろ。あきらめて城へ帰るか」

面白半分、護衛ついでにくっついてきた絳攸と楸瑛がひどいことをいう。

「だったら、結び直せばいいんだろう。この文にある邸へ行くぞ！　大体燕青って誰だ」

「私の旧い友人ですよ。ちょうどいま居候してましてて」

さらりと応じた静蘭に、劉輝は驚いて訊き返した。

「……静蘭の？」

戸惑ったように口ごもる。知らない名だ、という響きだった。劉輝が訊きたがっている気配は察したが、静蘭はそれ以上口を開かなかった。無言で腰に剣を佩く。

「さて、私は行きます。皆さんも、いらっしゃるなら必ず剣を持っていってくださいね。多分夜通し駆け回ることになると思いますけれど、それでもよろしければ」

さっとその場の空気が冷えた。楸瑛の顔つきが険しくなる。

「……どういうことだい？　そこで何かあるのか？」

「じゃなければアレが泊まるなんていい出しませんよ。よりによってこの邸に」

「よりによってって……黄東区の変わった邸に泊まるとしか」

絳攸はいいかけ、ぎょっとして楸瑛と顔を見合わせた。……黄東区の、変わった邸？

「燕青みたいな厄介種をこき使ったばっかりに、ちょっとくらい面倒かけてもいいと思われてしまったんでしょうね。それに今日は結構早くに白大将軍から解放されましてね。今日に限ってちっとも賊が動きまわってる気配がなくて。どこかのバカな正義の味方面したクマ男が、夜ごと徘徊して茶州から流入した賊退治をしてくれてましたけど、それでも手配書からするとまだ結構残ってるはずなんですが」

はあ、と静蘭はわざとらしく溜息をついた。

「彼らが追っかけてきたという男と、うちの居候が非常によく似た特徴を持っていたものですから、きっと本人と思われてしまったんでしょうねぇ」

　楸瑛は堅く凝ったこめかみを、指先でもみほぐした。

「……静蘭」

「はい？」

「そういうことはもっと早く報告するべきだと思うんだが？」

「本人はあとでちゃんというつもりだったみたいですから、二度手間かと。そうそう、これで市中を騒がせている賊を残らず退治できたら、特別報酬いただけますか？」

「……まさかそれを見越して黙ってたわけじゃないだろうな」

「いいえ、まさか。まったくの偶然です」

　またしてもにっこり。魔性の微笑みだ、と絳攸と楸瑛は思った。

　ようやく話の筋がのみこめた劉輝は青くなった。

「じゃ、一緒にいる秀麗も危ないではないか！」

「大丈夫ですよ。燕青がそばにいるなら、お嬢様に危険が及ぶことは皆無でしょう。じゃなければ預けたりしません」

　その絶対の自信に、驚いたのは楸瑛と劉輝のほうだった。

「……ずいぶん、信頼しているようだね」

「信頼というか……私はあの男より強い人間を、彼の師匠をのぞいて知らないだけです。本人の前では死んでも言いたくありませんが、格闘と棍（こん）なら間違いなく彩雲国一です」

武官・藍将軍としての楸瑛の瞳がわくわくと期待に輝いた。静蘭がここまでいうとは。

「剣は？」

「さっぱりです。羽林軍には不向きだと思いますよ。剣は嫌いだといってましたから」

「……それは残念」

「で、どうします？　お三方。一緒にきます？　ここに残ってますか？」

劉輝はぐっと拳を握りしめた。

「いっ、行くに決まっている！　でなければ、何しにきたのかわからん」

「仕方ないですね。じゃあ私も主上にお付き合いしますよ。絳攸はどうする？」

「後ろから礫でも投げながら応援してやる。当たっても文句いうなよ」

「うわーやる気になるねー……」

静蘭はやりとりを黙って聞いていた邵可に顔を向けた。

「ということですので、一晩留守をお願いします。明日の朝には絶対帰ってきますから」

「うん。待ってるよ。明日はみんな揃ってお墓参りしないと、妻に怒られてしまうから」

明日はこの家の主・邵可の妻であり、秀麗の母である人の、命日だった。

「奥様の雷は恐ろしかったですからね。必ず。――では、行ってきます」

邸を出しなに、静蘭はそっとひとりごちた。

「燕青もよくよく悪運が強い。よりによって藍将軍と主上が揃った日に当たるとは」

若者たちが出て行ったのち——がらんとした室で、邵可はひとつ溜息をついた。

「……さて、聞いていたね？　珠翠」

返事とともに、今までそこにいたかのようにごく自然に珠翠は姿を現した。

「黄尚書の邸周辺はどうなっていた？」

「静蘭様の読み通りです。午後の一件で燕青殿のことがばれたようですね。残った茶州賊がまとまって黄尚書邸に夜討ちをかける算段のようで、周辺に集まってきています」

「数は？」

「さほどは。先日までの燕青殿の地道な努力で、だいぶ数を減らされてますから。三、四十人といったところです。一部貴陽の破落戸も混じっているようですが、たいしたことはありません。邵可様自ら参られなくとも、私だけで充分です」

邵可は穏やかに笑って首を振った。

「妻の命日前に娘たちの命を人任せにはできないよ。万一のことがあったら悔やんでも悔やみきれない」

たとえ多くの命をその手で奪ってきた自分がそう思うのは理不尽だと知っていても。

第五章　激闘？　大入り夜討ち

他人様(ひとさま)の庭院(にわ)の至る所に仕掛けをつくって回っていた燕青は、ふと顔をほころばせた。

「やっぱきてくれたんだなー静蘭。さすが竹馬の友。大感激。でもそんな大人数でくるとは思わなかったけど。あれー、左羽林軍将軍さんまで。なんと豪華な面子(メンツ)」

見上げた高い塀から次々と人影が落ちてくる。最初の三人は身軽に、最後の一人は多少運動能力が落ちるのか、ややぼてっと。しかしこの高い塀を登って落ちてくるだけでもなかなかのものである。特に文官にしては。

静蘭はどこかで引っかけてきたらしい緑の葉っぱやら土埃(つちぼこり)やらを髪からはたき落としながら、不機嫌を隠しもせずに悪びれない燕青を叱りとばした。

「……お前な、あちこちに仕掛けつくりすぎだ。ここにくるまで難儀したぞ」

「一つも発動させずにくるとはさすが。でもここのご主人には話通してあるから、堂々と表門から入ってくりゃよかったのに」

「そういうことは事前に文に書いておけ！」

かなり親しげな二人の様子に、見ていた劉輝はムッとした。彼はお兄ちゃん子だった。

「誰だお前は！　兄…静蘭の竹馬の友だと？　お前の顔など記憶にないぞ！」

横から怒鳴られて、燕青は目をぱちくりさせた。

「おや新顔。誰？」

「余…わ、私は…っ」

「あー、まあいいやあとで。あっとそうだ」

言いかけた劉輝をあっさり無視して、燕青は所在なげな絳攸に笑いかけた。

「悪いんだけど李侍郎さん、あっちの離れに姫さんとここのご主人がいるから。お相手と事情説明よろしく」

足手まといになるだろう絳攸の顔をさりげなく立ててくれる言葉選びは、まったく顔に似合わず繊細でうまい。

「わかった。俺はおとなしく引っ込んでることにする」

「あ、余――私もちょっと秀麗の顔を見に！」

いそいそ絳攸のあとにくっついていこうとした劉輝の襟首を、静蘭がむんずとつかんだ。

「君、何しにここへきたんです？」

「……お、お手伝いです」

氷のごとく冷酷非情な兄の一撃に劉輝はあっけなく撃墜された。

大方の準備が整ったところで、『お客』を撃退するのに一番いい位置に陣取り、それぞれ得物を手に背中合わせであぐらをかく。劉輝は庭院の隅で何やらごそごそやっていて一番最後に戻ってきた。

静蘭はぶつくさと燕青に文句を言った。

「……まったく、お嬢様と旦那様に迷惑かけないといっただろうが」

「だからさ、このお邸借りたんじゃん」

こそこそと謝る燕青を、静蘭がじろりと睨む。

「お嬢様を巻きこんでないとでも？」

「う。悪かったよー。でもさ、俺と一緒にいるとこ見られちまったからさ。一人で帰すわけにもいかないし、一緒に帰ったら帰ったで邵可邸に押し入られるし。あそこ何があっても誰も気づかないボロ邸だし……まだここのがマシだと思ったわけ」

背中ごしに、楸瑛がお気楽そうに頷いた。

「まあ、確かに。君が狙われているなら、一緒にいた秀麗殿を人質にとられたりする可能性はあるしね。そうしたら邵可様も巻きこんでしまったろうし」

「だろだろだろー？」

「というか、そもそもお前は何者なのだ。あんなに大勢の茶州の賊がお前を追っかけて貴陽に入ってくるなんて……いい迷惑だ」

むぅ、と劉輝が顔をしかめた。明かりの灯る離れを、未練がましくちらちら見やる。

「あ。私もそれが聞きたいね、燕青殿。お陰で羽林軍もさんざん苦労してるんだけど」

「あーはははは。ごめん。これでも王都に着くまでにだいぶ潰してきたんだけどなぁ。

諸事情は今は勘弁。そうだなー、今夜乗りきったら話すよ。約束する」

日が暮れても昼の熱気が逃げず、むし暑い夜になりそうだった。

そのとき、空気が張りつめた。わずかに剣の鍔をずらした三人を、一人棍の燕青が短く押しとどめる。

「あーっと、ちょい待ち。こっち側で一人帰ってきてないのがいるから、そいつかも」

月を背後に、高い塀を軽々と越えた小さな人影があった。燕青が仕掛けた数々の罠を一つも発動させることなく、恐るべき速さで離れへ向かう。人間とは思えない身軽さだ。

「なんだあの小猿は！　敵じゃないのか」

劉輝に襟元を摑んで揺さぶられ、燕青はぱたぱたと顔の前で手を振ってみせる。

「あー違う違う。ようやく帰ってきたな。よわっちいのに相変わらず足と危機察知本能は抜群にいいなぁ。でもあんなにぞろぞろ敵さん連れてこなくても」

走り去った影につづくようにして、塀を乗り越えてくるいくつもの大きな影があった。

最初の小さな影と違って、こちらは面白いように仕掛けた罠にはまっていく。

静かな夜陰が次々と野太い雄叫びに切り裂かれた。

「うっぎゃ――――っっっ」

「うおぉおおおなんじゃこりゃ――――――ッッ」

「いてぇいていていてぇえええええ」

大半が庭院にしかけた罠にかかって足止めを食らう。

「おーかかってるかかってる。でも思ったより少ないな？　火も使ってねーし」

無論、燕青はこのとき邸の外で、邵可と珠翠が賊の十人ほどを「軽くなでて」やったあげく、松明や火矢の類も残らず駄目にしていたことなど知るよしもなかった。

棍を一振りうならせて、燕青が気楽に立ち上がった。

「ま、ぼちぼちいきますか」

「こちらはただの加勢だ。お前、責任もって片づけろよ」

旧知の気易さからか、普段の数倍乱暴な口調で吐き捨てて静蘭があとにつづく。

「ちょっと物足りないかな？」

余裕の笑みですらりと刃を抜いた楸瑛の隣で、いまだ未練と怒りさめやらぬ劉輝が、剣の柄をぐっと握り直した。

「目と鼻の先に秀麗がいるというのに、余は……余はなぜこんなところで、こんなことをしておるのだ！　今宵は、今宵は待ちに待った『夜這い』決行日だったのだぞ――っ！」

やっぱり縁結びの赤い糸はチョン切れたのかもね。と、事情を知る静蘭と楸瑛は、胸の内でそっと涙を拭ったとか拭わなかったとか。

――この日、黄奇人邸にもぐりこもうとした者たちは不運としかいいようがなかった。

待ち受けていた屈指の腕利き四人組に、片っ端からちぎってはなげられ、ちぎってはなげられ、いささか八つ当たり気味の手痛い攻撃なども受けて、一人残らずあっというまに捕縛されてしまったのだった。

時は少し遡る。

「あら？　燕青はどこ？」

曜春を葉医師に任せて施術室を出た秀麗は、きょろきょろとあたりを見回した。

「あの男なら、用事があるといって出て行ったが」

「なんですって？　今日の燕青はわけわかんないことばっかりしてるわね」

泰然と椅子に座る圧倒的な美貌の主にも少しだけ慣れてきた秀麗は、卓子に茶器が用意されているのを見て思いきって声をかけてみた。

「お茶、飲みます？」

「……もらおう」

手慣れた仕草で秀麗はお茶を淹れはじめた。

「あのう、なんだかご迷惑をおかけしてすみません。見ず知らずのかたに、こんな」

「いや、私にも少々事情があってな」

「事情？」

「鍵が……いや、なんでもない」

湯飲みを口に運ぶその挙措さえ優雅に美しい。けれど秀麗はそれに既視感を覚えた。

「あら、私の……知っているかたと飲み方が似てます」

一瞬、男の手が止まった。秀麗はそれに気づかずに話をつづけた。

「そのかた、ちょっと変わったところもあるんですけど、とても仕え甲斐のある人なんです。いつもいちばんお仕事してて、厳しいけれど理不尽なことは言わなくて、どちらかというと無口で、でも多分優しい人で。将来あんな人の下で働けたらいいなぁと思ってるんですけど、残念ながらもう少しで私、そこを辞めなければならないんですよね」

「…………」

「なんて」

ふふ、と秀麗は照れたように笑った。

「あちらにしてみれば足手まといがいなくなった、って、案外せいせいするのかも。もともと臨時雇いのお仕事だったし、へま、数え切れないくらいしちゃいましたし」

「だがお前は、すぐに直した」

「え？」

「いや。……きっと、その主も残念に思ってる、かもしれんな」

仕草が似ていると思ったからだろうか。秀麗はなんだか黄尚書本人にいわれたような気がして、嬉しくなった。心がポッと温かくなる。

「だと、いいんですけど」

男は微かに笑った。それは一目見たら忘れられないほど魅力的な微笑だった。

ちょうどそのとき、家令が扉を叩いた。

「お館様。李絳攸様がお見えでございます。お通ししてよろしいでしょうか」

「絳攸様が⁉　え、あの……お、お知り合いだった、んですか？」

男は秀麗をちらりと見やると、わずかに沈黙し、家令へと告げる。

「……ここではなく、別の室に一度通してくれ」

扉の向こうから、かしこまりました、という声が聞こえた。

「少し、席を外す。お茶をありがとう」

「は、はい」

退出する間際、さらりと流れた絹糸のような髪が目にとまる。またしても妙な既視感。

だがそれが何か思い出す前に、外壁に何かが盛大に激突する音がした。

「わ、な、何⁉」

慌てて半蔀をあけると、大量の草が室のなかにばらまかれた。

「……くっ、まさか蔀が閉じられてるとは思わなかった……うかつ」

鼻を押さえつつ、涙目の「お頭」翔琳が、よたよたとなかに入ってきた。

「石斛を採ってきたぞ。早く、お医者殿に！」

「うん、本当。すごいわ。こんなにたくさん。大丈夫、絶対曜春くん助かるわよ」

本当は命に別状など全然ないのだが、一生懸命な翔琳の姿に、秀麗は思わずそういった。

そのとき、施術室の扉からひょっこり葉先生が顔をのぞかせた。

「ようやっと帰ってきたか。おお、これは大量じゃのう」

「お医者殿！　これだけあれば曜春はッ!?」

「ほっほ。治る治る。心配せんでいい。数日寝てれば全快じゃ。よしよし、じゃ、もらっとくかの。……なんじゃい、やけに外が騒がしいのう」

そういえば、何やら怒号や悲鳴が聞こえている。秀麗は嫌な予感がした。

翔琳があっさりとばらした。

「そこの庭院(にわ)で、浪燕青が賊に追いかけ回されているのだ」

「は、はぁ!?　何やってんのよ」

「安心しろ。お前たちは俺の身内を助けてくれたから、恩返しをする。そうだこれ、薬代の足しにでもしてくれ。今日いつのまにか持ってたんだ。ヘンテコだが金ピカだ」

ぐい、と手の中に押し込められたのは、布に巻かれた何か――堅くて少し重いもの。

「なに、浪燕青のことは心配ない。今からこの超有名な山賊〝茶州の禿鷹(ハゲタカ)〟二代目頭目翔琳様が加勢に駆けつけるからなッ」

「へ？　山賊？　あ、ちょちょちょちょちょっとあなた!?」

「我が唯一の手下であり、弟である曜春を頼んだぞッ」

言うが早いか、翔琳は制止もきかず半蔀から一目散に飛び降りていった。

まったくわけがわからない。次から次へ、いったい何が起こっているというのか。

（……か、関わらない方がよさそうなのは私の気のせい……？）

厄介ごとにも首をつっこむことの多い秀麗ではあったが、今回ばかりは見ざる言わざる聞かざるを決めこむ方がいい気がしてならない。庭院から聞こえる阿鼻叫喚（あびきょうかん）は凄（すさ）まじく、いかなお節介な秀麗といえどもノコノコ追っかける気にもならなかった。

葉医師は白い髭（ひげ）をしごきながら、首をかしげた。

「……〝茶州の禿鷹〟にいつのまにあんなちっこい跡継ぎができたんだ？　それにありゃ山賊じゃなくて義賊だったはずだがなぁ」

秀麗はぎくしゃくと、翔琳に押しつけられた堅いものを見下ろした。もはや思考停止した頭には鳩が飛んでるようで、ほどんど無意識の仕草だった。はらりと包み布がほどけ、そこから何気なくのぞいたものを見て、再度息が止まりかけた。

「……はぁああっ⁉　ちょ、こ、こここここれッ」

「うほ。こりゃ本物の金じゃないか。治療費ということはわしにくれるんかいな？」

「な、ななな何言ってんですか。こ、これ、私の見間違いじゃなければ」

見間違えるはずがない。景侍郎（じろう）と燕青と三人で、見回るのが日課になっていたのだから。

「なんでこれをあの子がもってるわけ⁉」

それはまぎれもなく、王宮宝物庫の鍵だった。

＊　＊　＊

入ってきた仮面の主に、絳攸は上官に対する正式な礼をとった。

「……このたびは知人が庭院をお騒がせしているようで、かわってお詫び申し上げに参りました。黄尚書」

黄尚書は仕草で座るように言うと、自分もふわりと椅子に着いた。

「お前がくるとはな。で、お前のほかに誰がきた」

「……正直に申し上げたほうがよろしいでしょうか」

「勝手に人の庭院に入りこんで、あげくに嘘までつくつもりか？」

「失礼いたしました。紅邵可様家人の茈静蘭、左羽林軍将軍藍楸瑛、あと主上です」

たっぷり三拍の沈黙があった。

「……最後、何と言った？」

「主上がおいでになってます」

「あの騒ぎのなかで駆けずり回ってるのか？　王が？」

「はあ、まあ、いろいろと不幸な偶然が重なりまして」

「――バカ王め」

黄尚書はひと言で切って捨てた。絳攸自身常々そう思っているのだが、なぜか他の者にそういわれると無性に腹が立つ。黄尚書はすぐにそれを見て取った。

「ほぉ、お前が怒りを露わにするとは珍しいな。よほどあの王に肩入れしたと見える」

私生活では非常に短気かつ感情豊かな絳攸だが、朝廷での態度はまるで正反対である。

いかなるときも感情を表に出さず、冷ややかな口調と無表情で決裁を下す能吏。まさに冷静沈着を絵に描いたような、朝廷随一の才人の名に恥じない振る舞いをしている。彼がよく口にする「鉄壁の理性」も、外朝ではまったくの真実なのだった。

　劉輝に対して態度が違うのは、忠誠を誓うに足る相手と、そう認めたからだ。絳攸は彼の差し出した「花」を受けた。この未熟で年若い王とは本音で付き合うことに決めた。

だから今も。この戸部尚書の前で王を語るに、冷静や理性で覆った仮面はかぶらない。

正面に座る長官をひたと視線の先に据え、絳攸はいった。

「確かにバカですが、……王の器です」

「あれがか」

　促されて耳をすますと、庭院の大騒ぎがかすかに聞こえてきた。剣戟や野太い悲鳴に時折混じる「夜這いー！」の奇声が、絳攸の言葉を喉に詰まらせた。——確かにバカである。

「……愚者と才子は紙一重といいますし」

「それでかばってるつもりか？　あのバカ王に付き従って、まさかお前にまでバカが伝染ったんじゃあるまいな」

　たいていの官人はなんなく論破できる絳攸だが、勝てない相手というのはいる。才能は互角でも、上乗せされた経験と年の差はどうしようもない。つまり、黄尚書がそれだった。

　実際のところ、黄尚書は正確に王を見ている。その上でバカ王の烙印を押しているのだから、評価を覆すことはできない。今は、まだ。訴えることができるのは感情論でしかなく、ないも同然の手札と知ってなお、絳攸は伝えた。彼が感じた、僅かな可能性を。

「王はまだ即位から一年も経ってはおりません。当初はどうしようもないバカでしたが、あれでも日々進化しています。見込みはあります。評価はせめてあと三年まってください。前王のように誰もが認める名君ではないかもしれませんが、きっとそれに比肩する、いえ前王すら超える王になります。私はそう判断しました」

「ふん……朝廷随一の才人が、ずいぶんつたない論展開だな。論ともいえぬ」

「…………」

「だが、口先だけの褒め言葉よりはましか。……王はお前に花菖蒲を贈ったそうだな」

「はい」

「それだけは評価してもいい。まあ、何も考えてなかった可能性も捨てきれないがな」

前王は亡き茶太保に菊花を贈った。その意味は〝高貴・高潔・高尚〟。

国一番の剣士と謳われた猛将、宋太傅には沈丁花の花を。その意味は〝栄光と不滅〟。

国と王のためにその身を賭けて尽くした功績を称えて贈った、二人にふさわしい花。

けれどあの若き王が最初に臣下に贈ったのは〝花菖蒲〟。

花の意味は――〝あなたを信頼します〟。

そのときの状況を黄尚書は知らない。単なる偶然か考えなしかとも思う。

けれど、『臣下を信頼』するとはっきり示すその『花紋』を贈った以上、王は決してそれを裏切ることはできない。愚王か名王か、まだ判断はできないが、……可能性は、ある。

「……いいだろう。ほかならぬお前が判断したというのならな。しばらく見せてもらう」

　黄尚書（しょうしょ）はつと左手の壁を指さした。

「この一つ向こうの室（へや）に邵可殿の娘がいる。行ってやるといい」

「黄尚書、あの娘は――」

「行け。そのことを話し合うのはお前とではない。お前では役者が不足だ」

　分不相応だ、わきまえろ――と。

　絳攸は口をつぐんだ。事実、その通りだった。

　まだまだ自分は彼と対等に相対するまでには至っていない。

　次期宰相候補の冠は伊達（だて）ではない。実力も、経験も、官位も。黄尚書に釣り合うどころか、まだ足許（あしもと）にも追いついていない。絳攸にはそれがわかっていた。何せ自分の上司と対等に並び立つ人なのだ。

　だから何も言わず、ただ黙って頭を下げた。

「――李侍郎」

「はい？」

「……あの二人は、なかなか役に立った」

　そのひと言で、充分だった。

「それは、ようございました」

　にっこりと絳攸は笑った。

絳攸が出て行って少し――かたん、と室の隅で音がした。

「……まったく、私の養い子を、あんなにいじめなくてもいいだろう、鳳珠」

目の前に立った男に、黄尚書は仮面の裏で険しい表情をつくった。

「――黎深。貴様、またうちの使用人を丸めこんで入りこんだな。おまけに盗み聞きか。どこまでも見下げ果てたヤツだ」

黄奇人という名がまかりとおっているなかで、今やその本名を知り、なおかつその名で呼びつづける数少ない一人、吏部尚書――紅黎深だった。

「絳攸から、君の邸に出かけるという書翰をもらったのでね。まあ、こんなことだろうと思ってきたのさ。君と絳攸が何を話すか、興味のあるところでもあったし」

黎深はためらうことなく奇人の仮面に手をかけ、紐をほどくとあっさりそれをはずした。下から現れたのは、怒気を露わにした、けれど少しも損なわれることのない美貌。

「相変わらず麗しいな」

悪戯っぽく笑って、黎深は片手で仮面をもてあそんだ。

「懐かしいね。思い出すよ、あの年の国試。君の顔を見た者は、私以外みーんな君に見惚れて落っこちたんだっけね。同舎になった者は不運だったねぇ。試験官さえ君から目を離せなくて、制限時間を過ぎても合図の鐘を打てずにクビになったその数ざっと三十人」

ちなみにその年の国試は「悪夢の国試」と呼ばれており、いまだに誰もその年のことを口にしない暗黙の了解ができている。実際のところ、後世そんな形容詞がくっついたのは別に鳳珠の顔だけが原因ではなかったのだが、原因の一つなのは確かだった。

　奇人の美貌が嫌そうにしかめられた。

「うるさい。この顔のことはいうな。特に貴様にだけはいわれたくない」

「……まだ根にもってるのか」

「当たり前だ。『その顔の隣で奥さんなんかやってられません』という理由でふられた俺の気持ちがお前にわかるか？　しかもそのあとよりにもよって貴様の嫁になんぞなられた日には、仮面でもかぶらなければやってられんわ！」

　このどこかぶっとんだ論理が、奇人の奇人たるゆえんといえる。

「──ったく、とっとと紅州へ隠居すればいいものを、いつまでも私の前をちょろちょろとしおって。七家の当主のくせに本邸に戻らず、紫州でふらふら宮仕えなんぞしてるのはお前くらいのものだ」

「いいじゃないか別に。私は仕事熱心なんだ」

「ふん。単に邵可殿の近くにいたいだけなんだろうが。この兄大好き男め。貴様こそ相変わらずだな」

　今度は黎深も本気でむっとした。

「──それのどこが悪い」

「そうそう、姪のそばに出没してるそうじゃないか。へらへら笑み崩れながら秀──秀麗の手伝いをしている紅黎深の姿は実に実に奇っ怪だったと、あちこちでいわれたぞ」

「人を物の怪みたいにいわないでくれ。偶然だよ偶然。君にこき使われて可哀想でね」

「ほう。あの娘の通り道で待ち伏せしているのを見かけたという情報もガセか」

黎深はふいとそっぽを向いた。

「聞けば『おじさん』などと呼ばせているようだな。バカじゃないのか」

「——君にはわからないんだ。会いたくても会いにいけず、叔父さんだよといいたくてもいえず、こっそり物陰から見守るしかない私の気持ちが！」

「わかるか、バカ。全然物陰から見守ってないだろが」

黄奇人は政事と同じく紅黎深にもずけずけと容赦がなかった。

ふと奇人は何かを考えるように顎に手をやった。

「……そうだな、秀麗はお前の姪というのを抜きにすればなかなか出来がいい。あの娘を嫁にもらうのもいいかもしれん。すでに一度押し倒された仲だしな」

黎深はぎょっと目を剝いた。

「なに？　いつそんな羨まし……じゃなくてそんな不埒なことを!?　鳳珠、お前なんかヘンな薬でも嗅がせたんじゃないだろうね!?」

「あの娘の自発的意志による行為だ。抱きついて、なかなか離れなくてな。しかも面と向かって会えなくなって寂しいですと言われたぞ。どうだ、お前よりよほど親密だろう」

奇人は嘘は言っていなかった。ただその場の状況を綺麗に省いただけだ。もちろんこれは、兄一家のこととなるとアッサリ理性をとばす黎深に大打撃を与えた。

「嘘だっ！　君なんかに秀麗をやるつもりはないぞ！　秀麗にはまっとうな男をだな」

「なんだと。私がまっとうでないとでもいうつもりか」

女に振られて以後十年以上も仮面をかぶりつづけるような男が、果たしてまっとうな男だろうか……という問題はさておき。

「あの娘を私のところへ寄越したのは、お前か、黎深」

不意に奇人の声が鋭くなった。黎深は口許をゆるめた。

「いいや。その件に関しては絳攸に訊いてくれ。私は一切関知してない。でもま、百の言葉を連ねるより、実際に見てもらったほうが手っ取り早いと思ったんじゃないかな」

李絳攸——この紅黎深が手塩にかけて育てた男。次の時代を担うであろうあの能吏は、無駄な手は決して打たない。

　奇人はつまらなそうに鼻を鳴らした。

「女人受験導入など到底受け入れがたい愚案だ」

「今度から、と主上が言ったからだろう？　だから君は無言で斬って捨てた」

「当たり前だ。時間が少なすぎる。早急に手を打つべきものと、時間をかけるべきものの区別なぞ初歩の初歩だ。反対の言葉すらバカバカしすぎて口にしたくもなかったわ」

「そう——時間さえかければあるいはと君は思った。だから絳攸が送り込んだ秀麗を黙って受け入れた。最初から女の子とわかってたんだろう？」

「……単に人手不足だったんだ」

黎深と並んで次代宰相候補と言われる黄奇人。一風変わった風貌（ふうぼう）だけが突出して語られがちだが、その才、実力ともに黎深と伯仲し、いささかもひけはとらない。何より、彼が常識や固定観念にとらわれぬ柔軟な思考の持ち主であることを、黎深はよく知っていた。男とか女とか、そういうつまらないことにこだわるような男ではない。でなければ派遣されてきた秀麗を娘と知りつつ受け入れたりはしない。

彼が反対したのは、実際的な問題があると判断したからだ。

「女人の国試受験——確かに一考の余地あるものとは認めよう。だが、それは政事は男のものという今まで長きにわたって連綿と信じられてきた固定観念を根底から覆すものだ。いきなり降ってわいたようにそんなことを言われても、官吏たちが納得できるものではない。これから先、長くその制度を維持していこうと思うならば、その価値観から変えていかねばならん。それには多くの時間がかかるし、またかけるべきものだ」

王の勅命で制度をむりやり導入することは可能だろう。だが、それでは官吏たちが納得しない。しこりが残るのはもちろん、そうした反対派は、隙あらば法撤回を求めてくるだろう。それでは意味がない。女性の参加が政事において有益であるという考えを、しっかり植えつけてからでないと、どんなに有用な制度でもその真の効果は発揮されない。

「だいたい、固定観念は女だって同じはずだ。政事は男のもの——それが当然と考えて疑問も抱かない女がほとんどだろう。この件に関しては宮中の頑固おやじだけじゃない、女たちにも政事に目を向けさせる必要がある。簡単に女人国試受験可などというが、肝心の受験者がいないのではどうしようもないだろう。政治的意志をもつ女性の育成、その援助たるべき勉学の場の提供、そのための資金繰りと財源の確保、礼部における国試制の大幅改正案、何より女性に政治進出を可能と思わせる意識の植えつけ——十年かけてもいいこれらを、今年度の会試までにやろうと言い出したんだ。馬鹿かと言いたくもなるだろうが」

絳攸が奇人の意向をことのほか意識した理由もここにある。奇人の正確無比な判断力は朝廷の誰もが信をおく。たとえば針の穴に糸を通すようなことでも、出来ると判断したなら彼は迷わず即決する。しかし穴も空いてないのに糸を通せと言われたら却下する。配下の能力を限界まで見極め、ぎりぎりまでこき使う彼が無理といったら本当に無理なのだ。

ゆえに、彼を攻略することを絳攸は最大であり最低限の目標としたのである。

「でも、今は少し違う風に思いはじめたんだろう？」

わかったような黎深の笑みに、奇人の形良い唇がむっとへの字になる。

「……ひとつ訊く。あの王の愚案に、よりにもよってお前が反対しなかったのはなぜだ？」

黎深が奇人の能力を認めているように、奇人も黎深の能力を評価している。「怜悧冷徹冷酷非情な氷の長官」と言われるこの男が、根拠もなしに賛成したとは思っていない。

「ん？　それはね、小さなころから官吏になりたいと思っていて、私の国一番すばらしい兄上がそれならと何年も前からじっくりと国試の勉強を教えこみ、今はまあそこそこまともに育った私の養い子が何日かおきに出かけていって、ご飯を食べがてら補足分を叩きこんでいる女人の存在を知っているからだよ」

　奇人の顔色が変わった。

「……国試合格可能圏か？」

「それも上位で」

「官吏になる意志……は」

「間近で見ていた君のほうがよっぽどよくわかってるだろう？　景侍郎はあの子を養子にとさえ言ってくれたそうじゃないか。その意志がなかったら、毎日賃仕事で疲れてるのに絳攸が毎回だす非人間的な量の宿題を黙々とこなしてきたりしないだろう」

「……王のバカな案をあの娘は知っていたのか？」

「まさか。もともと兄上に似て学問好きだし、本人は王や絳攸の意図なんか全然知らないよ。官吏になりたくて、無理と知りつつこっそり頑張ってたんだ。なんて健気だろう」

　万人を魅了するであろう奇人の双眸がゆっくりと閉じられる。考えたのは数拍。

「なるほどな。それでお前の面妖な言動も理解できた」

「……面妖って君ね……」

「そういうことなら、話は別だ」

　微かに唇のはしがつりあがる。

「常識を根底から覆せるような衝撃と効果が得られるようであれば――」

　最後の言葉を言いかけてやめにする。だんだんおさまってきた庭院の騒音に目をやる。

「……ま、この次に王がこの議案をどうもってくるかによるがな。また愚にもつかぬバカなことを言い出すようなら即却下するのは変わらん」

奇人は思いついたように黎深にいった。

「もし及第したら、あの娘は私のところへ寄越せ」

「ダメだ。君のとこにやったらきっとこき使われて婚期を逃すハメになる」

「心配するな。そしたら私がもらってやる。第一こっちは万年人手不足なんだ」

「冗談じゃない。人手不足は自業自得だろう。まったく景侍郎に同情するよ。君みたいな暴虐仮面男の下にいるせいで、年がら年中いらぬ苦労ばっかりさせられて」

「そっくりそのまま返すわ！　お前にだけは言われたかない。だいたい、貴様が根性足りんやつばっかりまわしてくるからだろうが！　もっとましなのを寄越せ」

国試及第した進士たちを各役所へふりわけるのも人事である吏部の仕事だ。

「新人と根性なしは君のところで揉まれてようやく使えるくらいになるんだよ。世間の厳しさを教えるにはもってこいだ。私は優しいからついついナサケをかけてしまってねぇ」

「お前のナサケは世間一般の意味とかけ離れた意味で使われるようだな」

魔の戸部と並ぶ恐怖の代名詞が吏部である。通称、悪鬼巣窟の吏部。一度入ったら最後、八割方の人間が人格改造されるともっぱらの噂だ。ちなみに残りの二割はもとから悪鬼なので変わりようがないだけである。

「……そういえば、あの娘にくっついてきた髭男もお前の差し金か」

「髭男？　ああ、そういえば絳攸から聞いているけれど、私は何も知らない」

くっと奇人が片頰だけで笑う。

「……なるほど。ものすごい偶然だ。天運も味方につけているようだな、あの娘は」

「……どういうことだ？　その男の名は？」

「浪燕青――頰に十字傷のある男といったほうがわかりやすいか」

記憶をたぐるように黎深の眉(まゆ)がひそめられる。すぐ思い出せないのは珍しかった。

「ずいぶん前に一度だけ宮城へきただけだからな。茶州の人事でもめた折りに。お前が吏部尚書になるずっと前だ。その人事はお前も手がけてない」

黎深は珍しく心から驚きを露(あら)わにした。――思い出した。

「浪…燕青……どこかで――」

「まさか――現茶州府長官の浪燕青か!?」

「そうだ。大抜擢(ばってき)どころかその名さえ中央には知られていなかった無名の男を、茶太保の強力な後押しとあのときの状況を鑑(かんが)みて茶州州牧(しゅうぼく)に据えた異例中の異例の人事の当人だ」

黎深は天を仰いで額を押さえた。

「……なんと、まあ」

＊　　　＊　　　＊

「……なんってお前はよわっちいくせに、ちょろちょろ邪魔しやがったんだこのバカ！」

東の昊がぼんやりと薄藍に染まりはじめたころ、賊全部をなんとか縛りあげると、燕青は翔琳少年の首根っこを猫のようにつまみあげた。

「なに!? 俺様が手伝ってやったから完全制覇できたのだぞ」

「バカタレ！　味方への被害のほうが多いじゃねーか」

翔琳の見当違いの「掩護」であちこち余計な傷を負った他の三人は、無言で頷いた。

「しかもお前だけキレーに無傷でよ」

「あんな攻撃、よけられないほうがマヌケなんだ」

「お前みてーにガキのころから山飛びまわって、サル顔負けの足腰と危機察知本能だけ異常に発達してたりとかしてねーんだよ。だいたいお前一人もつかまえてねーじゃねぇか」

「親父殿は人相手の喧嘩は教えてくれなかった」

真顔でいう翔琳に、燕青は目をぱちくりさせた。

「……ふーん、なるほどな。そりゃいい親父さんだ」

「当たり前だ。親父殿は国一番の親父殿だぞ」

誇らしげに翔琳が胸を張る。と、その腹の虫がぐ～とマヌケに鳴った。

その音につられたように劉輝もガックリと膝をついた。

「……そういえば……秀麗のご飯を食べるつもりだったから、余も夕飯抜きだった」

腹減った……としくしく呟く劉輝。それは静蘭も楸瑛も同じだった。

離れは暖かそうに煌々と光が灯っている。飛んで火に入る夏の虫ということわざが全員の脳裏をめぐった。でも秀麗に「なにやってたの他人様の庭院でッ」と怒られたとしてももう構わないと誰もが思った。本当はこっそり帰る予定だったのだが。

「……あそこに行って、お嬢様に何かつくってもらいましょう」

静蘭の意見に反対する者は誰もいなかった。

第六章　約束の色は

予想通り秀麗はガミガミ怒り、呆れ、説明を求めたがヘドモドロごもる男たちに容赦なく冷たい目を向けた。けれど結局は早朝とも呼べない時間に庖厨を借りてご飯をつくってくれた。秀麗自身、何やら人様の庭先で燕青と翔琳が暴れているっぽいことを知りつつ、出ていったら余計なモノを見そうで、葉医師とお茶を飲んでひたすらやり過ごしていた後ろめたさがあった。だがまさかそこに、静蘭や藍将軍までいるとは思わなかった。

「——しかもなんだってあんたまでいるわけ」

ご飯の合間に傷薬を塗ってやりながら、秀麗は劉輝をじろりと睨みつけた。

「……ちゃ、ちゃんと文は出した。邵可に返事も貰ったし！」

「まったく父様ったらなんにも言わないんだから。あんたもほいほい出てこないの！」

劉輝はしゅんとうつむいた。

「……でも……三月も我慢した」

ポツリと言われた言葉に、秀麗は胸を突かれた。まさか、自分はここ半月しょっちゅう見かけていた、などとはとても言えそうにない。

「秀麗は、余に会えて嬉しくないのか」

前髪が伸びた、と秀麗は思った。少し日焼けもした。前と比べて少しだけ……ほんの少しだけだが、男らしくなったかもしれない。気のせいかもしれないけど。

「そうね。あんたがぞくぞく届けてくれるヘンな手紙やら贈り物やらで、三月も会ってないなんて感じなかったから。でも、本人に会えてまあ嬉しいわ」

劉輝の顔がパッと輝いた。嬉しそうに破顔する。

「文、読んでくれたか」

「読んでるわよ。でももったいないから、あんな高級な料紙に一行だけっていうのはやめてよ。しかも中身がわけわかんないわよ。『今日は雨だから池の鯉が元気だった』ってのは何よ。子供の日記じゃないのよ」

「楸瑛が、文はマメに書けば書くほどいいっていうから」

「……言っときますが、中身が大事なんですよ」

自他ともに認める風流人の楸瑛は、ヘンな文の責任を押しつけられないようにさりげなく口を挟む。……しかしよくよく劉輝には恋愛の才能が無いらしい。

「贈り物は？　氷はどうだった？　暑いから特別に大きいのを切りだしてもらったんだ」

「……最後はかき氷にして子供たちと食べたわ。涼しかったしおいしかった」

「卵は？　秀麗はゆでたのが好きだっていってたからゆでて届けた」

「近所の人とおいしくいただいたわ。おかげで食費が浮いたわね」

「赤い花は？　調べたら曼珠沙華(まんじゅしゃげ)というそうだ。綺麗(きれい)だったろう」

「ええ。押し花にして本の間にはさませてもらってる」

「藁人形(わらにんぎょう)は？」

「室(へや)に飾ってあるわ」

何とはなしに二人の会話に耳を傾けていた燕青が、ご飯を食べながら首を捻(ひね)った。

「なぁなぁ静蘭、あの天然ボケの若様の話、あれって嫌がらせ？　藁人形ってナニ？」

「……あれは心の底から、本気でいいと思ってやってるんだよ」

どこで教育を間違えたのだろう……遠い目をする静蘭に、楸瑛がこっそり訊(き)いた。

「静蘭、いま秀麗殿のいってること、本当かい？　その…室に飾ってあるとか」

「ええ。いただいたものは全部きちんととっておいでです。いろいろ文句をいっても、主劉輝が一生懸命考えて贈ってくれているのをわかってますから。そういうものを捨てられるようなお嬢様じゃありません」

「……うーん。秀麗殿、佳(い)い女性だなぁ。今のはちょっとぐっときたな」

「そういう台詞(せりふ)は、華々しい女性関係を全部きれいに清算してからいってください」

「…………」

「バカめ。墓穴を掘ったな」

絳攸が鼻で笑った。

隣ではまだほほえましい会話がつづいている。

「実は、今日も贈りものをもってきたのだ」

「ええ？」

劉輝は懐の奥をごそごそとさぐった。とりだされたものに、秀麗は瞠目した。

「これ……？」

「桜の枝だ。苗木は大きすぎてもってこられなかったから、とりあえず枝だけ先に。前に、桜が咲かなくなったといっていたから。今日には苗木が届くと思う」

ちなみに戦闘中は踏まれないよう、庭院の隅に置いておいた。

「――――……」

不覚にも秀麗は言葉に詰まった。はた、とこぼれた涙に、劉輝は仰天した。

「え⁉ その、な、何か余は間違ったか⁉」

「……違うわ」

ずっと昔、父様と母様と静蘭の四人で植えた桜の木は、もう二度と咲かない。桜だけでなく、他のどの木も。

霄太師にもらった金五百両で邸を修繕したとき、新しい木の苗を植えることもできた。けれど秀麗はなぜかそれができなかった。見るたびに悲しくなる、丸裸の庭院なのに。

手渡された木の枝を見る。――やっと、わかった。

庭院は秀麗にとって象徴だった。優しい思い出と悲しい記憶との。まだ、ダメ――。いつもどこかから声がした。まだそっとしておいて。不用意に手を入れたくない。秀麗と庭院は同一だった。時が止まったような庭院。時が止まったような、彼女のどこか。けれど劉輝が木の苗をくれるという。新しい、これから大きくなってたくさんの花を咲かせる苗。新しい時代がくると、不意にそう思った。この新しい苗木のように、この王が新しい時代をくれる。もう寂しい庭院をボンヤリ眺めなくてすむような、優しくて平和な時を。

「ありがとう――……」

悲しい記憶がようやく過去になる。苗を植えて、また新しく庭院をつくれる。山に木の苗を見つけに行って、昔みたいに静蘭と父様と一緒に魚を釣って池に放そう。

もう、一つ一つ拾い集めた優しい思い出が、無惨に壊されることはない。

失うことを恐れて、花を植えるのをためらわなくたっていい。

また一面桜の雨が降る日がくる。凍りついていた秀麗のどこかが、静かにとけていく。

「嬉しいわ。今までの贈りものでいちばん」

折しも今日は母様の命日。燕青に元気になると約束した日。

涙をぬぐいつつ、秀麗は笑った。

劉輝の胸がひとつ音をたてる。

こんな顔が見たかったのだと、心から思う。そっと頬に手を伸ばすと、首を傾ける。

劉輝は途方もなく口説き下手だったが、こういうことに関してはごく自然にできるほど経験豊富だった。そもそも彼自身、なんの裏もないのだから女性に警戒心を抱かせない。

気づけば、秀麗は再び唇を奪われていた。

愛おしさそのままに優しくふれて離れていったあたたかな感触に、秀麗は呆然とした。

（い、今……ななな何かとんでもないことが起きたような――）

劉輝は邪気なくにこにこしている。何も悪いことなどしていないとでもいうように。そうなのだ。この男にとっては単にそこらの花や鳥に気まぐれで口づけたくらいの価値しかないのだ。しかし秀麗にとっては大切なものだ。ぷるぷると枝をもつ手が震えた。

「……劉輝、あなた今自分が悪いことしたっていう自覚はある……？」

「悪いこと？　なぜだ？　かわいいから口づけただけだ」

「説明しても無駄だろうから省くわ。とにかくしたの。だからおとなしく殴られるわね」

「え」

劉輝の返事を待たずに秀麗の張り手が飛んだ。しかし劉輝は素早く手首をつかんだ。

「秀麗、そういうのは理不尽というのだ。ちゃんと説明しないといけないぞ」

「あんったにだけは理不尽なんていわれたかないわこの頓珍漢男――――ッ!!」

一発殴ろうと猛然と暴れる秀麗を劉輝が驚いたように押さえ込む。

「……うーん。今まで頓珍漢な贈り物を届けて気をゆるめておいて、いきなりど真ん中を射抜く贈り物か。ものすごい恋愛高等技術だよ。あれで意識してないところがすごい」

啞然として傍観していた楸瑛はいっそ感心したように呟いた。

「あそこで止めておけば良かったんだけどねぇ。もしくは二人きりになって口づけすれば少しは違ってたかもしれないのに。肝心なところで詰めが甘い」

得意げに『小技』を呟く楸瑛に、絳攸は腐ったモノでも見るような胡乱な目をした。

「お前はそういうことばかり考えてるから頭が万年常春なんだこのバカ」

「でもまあ、桜の苗木に関しては感謝ですね。無意識だから、お嬢様も素直に受けとれる」

きっかけが必要だった。事情を知っていて、でも決して同情ではなく、自然に気持ちの区切りをつけられるような。もう終わったことなのだと、そう告げてくれる何かが。

自分や邵可では近すぎて、それはかなわなかったけれど。

笑みすら浮かべている静蘭に、燕青は眉を上げた。

「……怒ってないわけ？　大事な姫さんに手ぇだされたのに」

「別に？　たいしておおごとでもないだろう」

本心らしい。つまりはまだまだ眼中外というわけか、と燕青は内心呟く。

「これで、もうお嬢様は庭院を見ても泣かなくなる」

静蘭は心からの微笑を浮かべた。

＊　　＊　　＊

その日は結局、全員で離れに泊まらせてもらうことになった。泊まるといっても、あと数刻ほどしか寝る時間はなかったけれど、徹夜よりはよっぽどましだった。

劉輝が貸してもらった寝間着に着替えていると、室の扉が叩かれた。

「……？　誰だ？」

「燕青です。ちょっと入ってもいいですか？」

不審に思ったが、兄・静蘭の友人ということで劉輝は扉を開けた。が。

入ってきた男の顔に、まったく見覚えがない。はてと首を捻ってきょろきょろする。

「？　なんだ、誰だそなたは。嘘つきドロボーか。燕青はどこだ？」

嘘つきドロボー？　燕青はサッパリ剃った顎をつるりと撫でて苦笑いした。

「やですねー。髭剃って前髪切ってちょっとさっぱりしただけじゃないですか」

「…………………燕青!?」

「だからそう言ってるじゃないですか」

劉輝はまじまじと男の顔を見た。まるで別人だった。たとえるなら昨日までもこもこの熊だったのが次の日にはすらりとした牡鹿に変身していたという感じだ。

「そっ、そそそそんな顔をしてたのか!?」

「驚くほどのことじゃないと思うんですけど」

誰かさんの仮面に比べたら微々たるものだと思うのだが。

「お疲れだろうから迷ったんですが、これ以上いい機会もなさそうなんでお邪魔させていただきました。ちょいと話を聞いていただけますか？　ほら、今夜が過ぎたら俺の事情を話すと約束したでしょう」

敬語というほどではないが、言葉遣いがやや丁寧になっているのにも違和感があった。

どこか有無を言わせない口調に圧され、劉輝は内心かすかにうろたえた。

「余…私にか？　話なら市中警護を引き受けた白大将軍に、明日にでも」

「いいえ、俺は最初から、あなたと話すために貴陽へきたんです、今上陛下」

劉輝は表情を変えた。

「そなたは、誰だ？」

「陛下の即位の折は、事情あって副官を行かせましたので、お初にお目にかかります」

燕青はいつもの大雑把な態度からは考えられないほど優雅な仕草で膝を折った。

「茶州州牧、浪燕青です」

劉輝は瞠目した。

茶州州牧――茶州府長官だと？

「あの……浪燕青か!?」

「おや、私のことをご存じで？」

「話には聞いてる。確か茶州人事に上層部が頭を悩ませてるとき、茶太保が推した人物だった……とか。国試を通ってもいないのに州府長官に抜擢された異例の人事――」

「異例っていうか、ありえないっていわれましたねー」

国試制がはじまって以来の大椿事だとさんざんいわれた。国試制を導入した意味がない、権力者による介入で綱紀が乱れる、など、など。推した茶太保自身、当時はかなり叩かれたようだ。それでも大もめにもめたあと、地元ということで茶太保がいちばんよく茶州の内情を知っていたこと、彼自身の高潔さと実力、主上の信頼の厚さで最終的には彼の案が通り、国試合格も果たしていない無名の若者が登用されたのである。

その際にも様々な制約がもうけられた。

浪燕青については茶太保がすべての責任を負うこと。彼の州府長官としての官位・権限は茶州府内においてのみ発動され、他州または中央官庁における公的地位はなく、よって中央における州牧としての権限の行使も不可能。他州もしくは中央関係の職務は補佐役として中央から派遣される官吏に一任し、全権を委譲すること。補佐役が州牧不適当と見なした場合は書面にて即日官位剝奪(はくだつ)可——などだ。実力重視の国試制を揺るがさぬためにとられたこの数々の防御策が、いかに浪燕青の任官が異常で、茶太保の後ろ盾なくば成り立たなかったかを物語る。そしてそうせざるをえなかった茶州の状況の異常さも。

「茶州はなんというか、昔っから妙に茶一族が幅をきかせてるところでしてね。国試制に切り替わって、中央からの役人派遣が行われるようになってからも、茶一族はなんとか地元を牛耳りつづけようと、いろいろ画策してきました」

官吏による派遣制に移行するまでは土着の豪族として各州を支配していたのは彩七家のどれも同じであるが、それ以後、国試制を重要視し、官吏育成に乗りだしていったのは茶家がいちばん遅かった。

「基本的にあそこの一族は劣等感がとても強いんです。自分たちが彩七家でも格下と見なされてると思いこんでるっていうか。しかも家名にしがみつくだけの寄生虫のような親族がたくさんいて、土着権力基盤をなかなか手放そうとしなかったわけです。そんな中で、はきだめに鶴みたいな存在が若き茶鴛洵（えんじゅん）じーさ…様で、あの人が頭角を現して茶家当主となってからは、彼が欲深な親族をうまくおさえ、なんとかなっていました」

茶太保は誇り高い人物だった。たゆまぬ努力とそれによって勝ち得た地位と先王の信頼をもって、実力で権力の中枢にまでのしあがった。ところが彼が紅藍両家を押さえて上に立ったことで、他の茶一族は無意味な自信をつけてしまった。彼が並々ならぬ努力の末にやっと手にしたものを、自分たちの手柄と勘違いする輩（やから）が大勢でたのである。

すっかり茶太保の威を借る狐となった茶一族の多くは、当然のごとく茶州府にまで権を及ぼそうとした。茶太保も何とか首根っこを押さえていたが、限界があった。

「鴛洵様はちょっと出世しすぎましてね。常に紫州――王のそばに控える身になってしまい、その目を盗んで茶一族は、こりもせず茶州府に干渉するようになったんです」

そうして地元茶一族と中央から派遣されてくる官吏たちのせめぎあいがはじまった。だが、代々茶州で権を振るってきた茶一族のほうに分があるのは自明だった。

「いくら有能な長官を送り出しても、ほんのわずかな期間しかもたなかった。ある者は茶一族の傀儡（かいらい）になり、ある者は暗殺され――そういうことが何度も繰り返された」

劉輝は頷（うなず）いた。

「ついには誰もが派遣を拒んで、人選が相当難航したと聞いている。そうだ……確かそれで、どんな刺客もことごとく返り討ちにできるような者を州牧に据えればいいと茶太保がいったとか。――それがそなたか」

燕青は先ほどよりもややゆるまった表情で苦笑した。ついでに口調も砕けてくる。

「あー、まあ、そうです。聞いたときは俺もびっくらしましたが。なんつーむちゃくちゃな論理だって。でもそんな意見が通るくらい、当時の人事はせっぱ詰まってたわけです。ところが毎日せっせと学問にいそしんで殿試合格を果たした官吏さんたちのなかには、その条件に該当する人物がちょっといなかった。藍楸瑛殿は当時まだ国試受験前でしたしね。で、なんと俺のところにお鉢がまわってきちまったんです」

「そなたは殿試合格を果たしていないときいたが……」

「いや殿試どころじゃないですよ。一応勉強はしてたんですが、俺は中央より地方のほうに興味があったんで、国試じゃなくて準試の勉強でしたし。しかもその及第もまだで……つまり、ほんっとーに何の資格もない名もない一般人だったんですよ」

国の中枢を担おうと思うなら国試だが、地方で働こうと思うなら準試を受ける。よっぽどのことがない限り他の州へ飛ばされることなく、受験した州で一生仕事をする。国試の方が遥かに至難だが、それでも準試も今はまだ市井の者にはなかなか手が届かない。

「……では、どうやって茶太保と面識をもったのだ？」

「あはは、準試を受けようと思う前に、俺、茶州でちょっとしたことをやってまして」

「ちょっとしたこと？」

「師匠と二人で、まあ、喧嘩荒事用心棒引き受けますみたいな。それで生活費稼いでまして。で、その仕事の関係でたまたま茶州に里帰りしてた鴛洵じーさんと顔見知りになって、準試を受けるときに相談したり、いろいろ面倒をみていただいてたんです。で、慣れない本と毎日格闘してたとき、突然降ってわいた話がそれだったと」

困ったように、燕青は溜息をついた。

「そりゃー、腕っぷしには自信ありましたけどね、まだ準試にも合格してないのにそりゃないでしょってぶっ飛びましたよ。でも結局うまいこと鴛洵じーさんに丸めこまれて、じゃあ、まあ、臨時ってことで、有能な補佐付きお試し期間つって、赴任しちまいまして」

そういえば、と劉輝は以前きいたことを思い出した。

この異例の人事は当初半年の予定だったはずだ。とりあえずこの無冠無名の長官が――どころか今の燕青の外見から推し測れば、当時まだ十代の少年だったはずだ――どこまでできるかを見る、という苦しまぎれの条件付きで承諾されたと聞いた。実際、国試合格者の相次ぐ赴任拒否で人事が難航し、繋ぎついでの人身御供のようなものだったから、あまり批判も受けずひっそりと認可された。だが茶太保の目は確かだった。

新任の茶州州牧は凄まじく強く、ことごとく茶一族の妨害を退けた。兇手はもちろん、何十人もの賊が組織されて真っ正面から茶州府に押し入ってきたときも、たった一人で返り討ちにしてしまったという。茶一族が直々に乗りこもうとすれば州城の門まで出て行って文字通り門前払いを食らわし、配下の者を守り切り、丸めこまれようとすればすぐに嗅ぎつけてコトをおさめてしまった。そして彼の派手な立ち回りに目が向けられている隙に、同行した優秀な補佐官がその手腕を発揮して茶州府を見事に建て直したのである。

単に腕が立っただけではありません――と邵可はいっていたものだ。

『彼は補佐官に下駄を預けたわけではなく、ちゃんと自ら政事をとったそうです。素人でもなんでも、施政している姿を見せ、決して州牧印を誰かに渡したりせず、それによって自分が茶州府の長であることを示しました。その上で茶一族のどんな甘言も脅しも彼は頭から無視することで茶州府の権を取り戻したのです』

劉輝は目の前の男を見つめ直した。……なぜ、その茶州府長官がこんなところに？

若き王のもの問いたげな表情を見て、燕青はちょっと笑った。そしておもむろに懐から何かを取り出した。

「私が貴陽にきたのは、陛下にこれを預かっていただきたかったからです」

差し出されたものをみて、劉輝はぎょっとした。

「茶州州牧のもつ佩玉と印ではないか！」

高位の官吏にのみ佩帯を許される佩玉は、それ自体おのおのの役職官位をあらわすものでもある。燕青がとりだしたのは、茶州特産である琥珀がふんだんに連なり、中央の円環には州花である月彩花が複雑精緻に彫りこまれている。裏には複製不可といわれる国璽の文様があり、間違いなく茶州長官の佩玉だった。ずっしりと重い印も佩玉と同じ文様と国璽が彫りこまれ、見慣れている劉輝には一目で本物とわかった。

「やー、本当は多分、いま俺がこれをもつ資格はないんでしょうけどね」

「……どういうことだ」

「先だって茶太保が亡くなられましたね。それで茶州でもおさえつけられていたものがなくなったというか、またぞろバカな茶一族がのさばりはじめたんです」

たとえ貴陽にいても、茶鴛洵の影響力は大きかった。彼の目の黒いうちは、一族の者であろうと権をほしいままにすることなど到底許されなかった。だが太保が亡くなり、次の権をめぐって茶一族が争いはじめた。茶州府もそれに巻きこまれかけている。

——それを伝えにきたんです、と告げた燕青に、劉輝はカッとして叫んだ。

「ならば、なぜそなた自身がのこのここへ来た！　茶州府長官のそなたが州府をまとめ、茶一族の力を抑えなくてはならない時だろう！」

燕青は苦笑した。

「正論ですね。本当に茶州府長官だと胸を張れる立場なら、俺もそうしたんですけれど」

「なに……？」

「言ったでしょう。俺は国試に受かってない。もともと臨時の話でもあった。それが、うやむやのうちに半年どころかずいぶん長い間やることになって——そこを突かれました」

厳しい表情は、長年州府長官を務めた能吏の顔だった。

「俺の後見だった茶太保はもういない。国試にも通っておらず、実は正式な任命書もない、州牧とは認められない――茶家からそう意見書を出されれば俺も何もいえません。何せ事実ですから。というか、俺も『あ、そーか』って思いましたし」

「……………」

「だから、俺はあなたに会いにきたんです」

まっすぐに見つめられて、劉輝は言葉を失った。

先ほどの乱闘での、舞うようにあざやかな棍さばきが思い出された。この男の強さは半端ではなかった。先の茶太保やあの静蘭が太鼓判を押した理由が充分すぎるくらい理解できた。たぶん自分が全力でかかっていっても、息ひとつ乱さずに制されるだろう。あまりに強い――だからこそ彼が自分でここにこなくてはならなかったのだと、劉輝は不意に理解した。それを察したように燕青は笑った。

「俺以外の者にこさせてたら、道中佩玉と印もろとも抹殺されてましたよ。いやーもうすごい追っ手の数で、しつこいのなんの」

佩玉も印も州牧の証。茶家の手に落ちれば、最悪の事態になるのは火を見るよりも明らかだ。意見書が出される前に中央へ届け、一旦お役目を返上するのだという大義名分が立てば、少なくとも次の州牧が派遣されるまでしばらくは茶一族の動きを凍結できる。

当然、そうはさせたくない茶一族は、いち早く佩玉の奪還と燕青の暗殺を狙った。茶州に巣くう盗賊やら破落戸やらを端から雇って次々と紫州へ差し向けてきた。

「……茶州からお前を追って賊が流入してきたのはそのせいか」

「あははーそうです。この首、裏で高い懸賞金かけられちゃってたみたいで。ま、ここに来るまでにできる限りふんじばってきたんですが、いかんせん虫みたいにあとからあとからわいてきて……近衛総出でとっつかまえてくれるらしいってんで、こりゃありがたいって下駄預けようと思ったんですが。一応俺のせいだし、夜中に貴重な睡眠時間削って、賊退治もちゃんとしてたんですよ？」

「……宋太傅と白大将軍が余計なことをと怒っていたのはそれか……」

「余計なこと⁉　うわひでー。毎晩目をしぱしぱさせながら頑張ってたのに」

「あの子供二人もお前を追ってきた賊と聞いたが」

「はあ、ま、見ての通り逃げ足と運の良さしかとりえがないんで、ほっといたんですが」

「確か〝茶州の禿鷹〟とかなんとか」

「あー、それは実は先代のことで」

「先代？」

「ええ。前にやってた仕事関係で、ちょっと顔見知りだったんですが、確かにその人は凄腕でした。ただ、彼は山賊じゃなくて義賊だったんで、実際戦ったことはありませんが」

劉輝の目が点になった。

「……義賊？」

「そうです。山暮らしの彼は、ふもとの村人をよく助けて、盗みはすれども非道はせず、って悪い金持ちからくすねて貧困層に配ってたりしてて。結構気まぐれな人だったんですが、やっぱり気まぐれで子持ち女性を拾って、彼女が亡くなったあとは残された二人の赤ん坊を育てはじめまして、それからは義賊の仕事もぷっつりやめてしまって、その強さと名だけが伝説的に有名になってたんです。ところが、そうとは知らない茶一族のバカタレ男が、噂を聞きつけて俺抹殺の依頼にやってきて」

「……義賊に、そんなことを頼んだのか？」

「いやー、その茶一族の男ってのが、また馬鹿なじーさまなんで。金でなんとかなると思ったんでしょうね。けど、行ってみたら先代はついこの間他界していて、子供たちしかいなかった。ここがまたトンチンカンなとこなんですが、そのとき子供――翔琳のほうだと思いますが――はヘンな勘違いをして、自分の父ちゃんが名だたる義賊でなく極悪非道な山賊だったんだと思いこみ、ならその跡を継ごうと思ったようなんです。……まあ、さっきの一件でなんかその勘違いの仕組みも理解できましたけど。で、依頼主も依頼主で、数打ちゃ当たると思ったのか、まあどっちでもいーかみたいな感じで任せちゃって、ここに十二歳と十一歳の少年二人の新〝茶州の禿鷹〟が誕生したわけです」

「逃げっぷりと勘の良さは確かにすごかったがな」

「ええ。ま、害はないですし、俺が責任もって茶州の山まで送り届けますから、あいつらだけはちょっと見逃してください」

「……まあ、別につかまえても仕方ないしな……」

「で、話を元に戻して茶州のことなんですが」

劉輝は我に返った。

「そうだ。明日すぐに正式な任命書を出す」

「いえ、そのことなんですが」

燕青はそばの卓子に佩玉と印を置いた。

「たぶん、いまごろ俺は茶一族の介入で州牧を罷免されてます」

「――馬鹿な。そんなことできるわけがない」

「ここにくるまでひと月。罷免理由にするには充分な不在時間です。少なくとも俺の居場所はなくなっているでしょう。配下にも、もしそうなっても逆らうなと言っておきました。育ってきた有能な官吏を失うことだけは避けたかった。ただ、勝手に州牧を茶一族に任命させるわけにはいかない。だからこの佩玉と印をもってきたんです。身分は借り物とはいえ、この佩玉と印は本物ですからね」

「だから、明日にでも勅書を出すと」

「さっきも言ったはずです。俺は国試に受かってないんです」

燕青は諫めるように、静かに繰り返した。

「それが不自然だったんです。例外だといいつづけても、それがいつまでたっても付け目になることには変わりありません。同じことを繰り返すのでは意味がない。ちょうどいい機会です。今度こそ、誰もつけこむ余地のない、正統な州牧を派遣してください」

燕青はにやっと笑った。

「心配ありません。俺が不在の間、優秀な補佐官には師匠をつけてあるんで、師匠が突然ボケたりしなけりゃ、副官が暗殺される心配は皆無です。あれがいる間は、俺がいなくてもなんとかなります。以前とは違う。基盤は俺たちがきっちり固めたつもりです。茶一族も当主争いで、まだ当分は本格的に州府政事に介入はしてこないでしょう。次の国試が終わって、新長官任命のときまでは州牧不在でももつくらいの自信はあります。——そのときまでに、手を打ってください」

劉輝は無言で佩玉に手を伸ばした。燕青の言葉の重みを、掌(てのひら)に受け止めるように。

「茶一族は俺の件をぎりぎりまで隠すでしょう。宮城への伝使は途中で握りつぶし、茶州府内部の情報が漏れないように手を打ちはじめています。そういうことだけは一致団結しますから。だからこそ、俺自身がここへきて、陛下と会う必要がありました。そしてできれば二人だけで、このことを話したかった。新王陛下がどんなかたなのかも、まわりにどんなかたがいるのかも、わかりませんでしたしね。最後の手段として、陛下の臥室(しんしつ)までもぐりこむつもりだったんですが」

茶目っ気を含んだ笑みは、その自信が充分あったことを示している。

それでも、これは命がけの賭(かけ)だったのだと、劉輝は悟った。彼の州牧としての権限は茶州府内のみ。茶州を出れば、彼はなんの官位も権限ももたないただ人になる。ただ人が王宮に侵入し、あまつさえ王の臥室に踏み込んだりすればどうなるか——子供でもわかる。

彼は文字通り命をかけて、茶州の状況を伝え、直訴にきたのだ。

茶州を頼む、と。

「……そなたは、どうするのだ」

「茶州に戻ります。州牧でなくなっても、一度やりかけたことは最後までなんとかしなければなりませんしね。地位がなくても、できることはあります。俺は俺なりのやりかたで、茶州を保たせます。まあなるべく早く、なんとかしてくれると嬉しいですが」

「燕青」

「はい？」

「命令だ。次の除目のときまでに、せめて準試にはちゃんと受かっておくように。そうすれば州牧補佐には任命できる。時期的に確か不可能ではないはずだ。何年も州牧やっておいて、落ちましたなんて言語道断だぞ」

燕青は数瞬沈黙し、ややあって笑い出した。

「補佐なら、有能なのがもういますよ。俺なんかより数段やり手で能吏な男が」

「鄭補佐、だったな。補佐選びでも次々辞令拒否する高官たちに『なんのためにあなたたちは官吏になったのですか』と激怒して、候補でもなかったのに自ら茶州行きを希望したとか。まだ若くて前途有望で、周りはさんざん止めたのに頑としてきかなかったときく」

「ええっ!?　あれがそんな熱いこと言ったんですか!?　うわー初耳。見たかったなー」

「確か、……足がお悪いときいたが」

「ええ。全然歩けないわけじゃないですが、走ったりとかは無理ですね」

「地方で苦労させとくのももったいない。確か今三十半ばで、脂がのってていい時期だ。それほど能吏なら中央がもらう。中央大官なら一日中机案に座っていられる」

「そりゃいいですねー。地方だと高官っても結構ちょろちょろ動かなきゃならないですから。……準試は、受けるつもりです。あなたに言われたからじゃなくて、もともとそれに受かって、茶州文官になるのが俺の夢でしたからね」

燕青は秀麗の姿をふっと思った。

迷い、叶わないと思いながら、それでも微かな希望を胸にひたむきに頑張っていた少女。

本当は、いい機会だから鄭文官に下駄を預けて、しばらく気楽にあちこちを放浪しようかと思っていた。退屈でもつまらなくもなかったけれど、そろそろ窮屈に感じ始めていたのは事実だった。それに今さら準試の勉強なんてな、とも思っていた。

秀麗を見て、思い出した。なぜ茶州文官になろうと思ったのか。

『今からでも、頑張ればいいのに』

秀麗の言葉に微かに混じる羨望に、顔から火が出るかと思った。自分は男で、夢に手の届くところに立っていたのに。傲っていた。本当は何一つ進んでなどいなかったのに。

「……もう一度、一から頑張るのもいいかなーって、思いましてね」

「待っている。きっと、茶州府でお前の部下だったものもみんな」

燕青は笑った。

『――また戻ってきますね？』

出立の日、州城総出で見送ってくれたことを、昨日のように思い出す。

鄭補佐のまっすぐで静かな視線を受けとめられなくて、笑ってごまかした。

簡単な問いに、はっきり答えることもできずに。

今からでも、間に合うだろうか？

俺が逃げ出してきた城で、今も必死に踏ん張っている配下たちに、今度こそ『是』というために。俺、実は勉強苦手だから、いつになるかわかんねーけど、と前置きして。

（大切なもんが見えてなかったのは、俺のほうだ）

官吏になるのをやめて他の州に逃げたら、多分もう二度と茶州には戻れなかった。

（あぁー怒ってるかなぁ。……怒ってるだろーなぁ）

物静かでいつも微笑をたたえる鄭補佐だが、怒らせると怖い。『――最後の最後に皆を不安にさせるとは、あなたは州牧（しゅうぼく）失格です』そんな吹雪のような声さえ聞こえてきそうだ。

それでも、まだ大切なものはかろうじて手のひらに引っかかっているから。

「主上、例の案、頑張って通してくださいね。俺も陰ながら応援してます。姫さん、きっとイイ官吏になりますよ。俺なんかよりずっと」

劉輝はなぜか、その言葉にはこたえなかった。

「おや、静蘭どしたの。もうあんまり寝る時間ねーぞ？」

劉輝の臥室から出てきた旧友に、回廊で待っていた静蘭は視線を向けた。

「――用件は終わったか」

「ああ、おかげさまで。いやーまさかあのぼっちゃんが王様とはね」

「それはこっちの台詞だ。まさかお前が茶州府長官になってるとは思いもしなかった」

「俺も。人生わかんねーよなー。とりあえず地道に州官になろうと思ってたんだけどなー」

「私には、お前がそもそも文官になろうと思っていたこと自体、理解不能だ」

「なにぃ？　いっとくがなー、遠い遠い昔、お坊ちゃまだったころの俺の目標は偉い官吏様になることだったんだぜ。ちっと遠回りしたけど、もとの軌道に戻っただけの話なの」

遠い、遠い昔。

かつて、ほんのひとときだけ。燕青の過去と静蘭の過去は重なったことがあった。共に過ごしたのは短い時間だったけれど、忘れられないほど濃い記憶でもある。

静蘭は燕青の過去を、多少なりとも知っている。燕青も、また。

どんなに悲惨な過去でも、燕青は決して引きずらなかった。忘れることなく、真正面から受けとめる。どんなことも一笑して乗り越えていけるような、まぎれもない心の強さがある。決して悲愴になることなどない彼にあのとき会ったことで、たぶん、静蘭の軌道は修正されたのだ。彼に会わなかったら、そのあと邵可たちに会ったときも、あの暖かい手をとることができなかったのではないかと、今は思う。

清苑でも静蘭でもなかった、あの空白のとき――。

露わになった燕青の十字傷。遥か昔のようで、つい昨日のような気もした。

「その頬の傷」

「ん？　そうそうこれ、短いほうお前にやられたんだよなー。遠慮なくやってくれたよな」

「もっと景気よくやれば良かったな。意外と短い」

「……結構……かなり痛かったんですけど」

何事もなくこの傷の時代を話せることが、静蘭には不思議だった。一生、この記憶の箱はあけるまいと思っていたのに。

桜の枝が秀麗の止まっていた時を動かしたように、静蘭には、……もしかしたらこの男だったのかもしれない。昔と変わらず磊落で、カラリと笑い、その破顔一笑でどんな過去も時の向こうに押しやってくれる。凍りついた静蘭の時さえ、たやすくとかして。

今も、……昔も。

「さて、寝るか。今日はお墓参りだ」

けれどそれを口にすることなく、静蘭は素っ気なくきびすを返したのだった。

終章

翌夕刻――戸部での仕事が終わったあと、秀麗は父と静蘭、それに燕青とともに母の墓参りに行った。そういえば、やはり翔琳のもっていたものは宝物庫の鍵だった。今朝もっていったら景侍郎が泣き出さんばかりに喜んでいた。何があったのかと思いきや。

『昨日昼過ぎ、暑かったので半蔀を開けていたら、馬鹿な鴉が二羽飛びこんできて景侍郎の腰にあった鍵を銜えてあっというまに飛び去っていった』

のだと仮面の長官が説明してくれた。それがどう巡り巡ったものか、翔琳の手に渡っていたらしい。何ともすごい偶然だと秀麗は感心した。やっぱり日頃の行いがいいと違う。

劉輝から渡された桜の枝を供え、秀麗は母の墓前で手を合わせた。

今までになく、秀麗の心は落ち着いていた。

(……そういえば、お墓の前ではいつも泣きそうになってたかも)

いつも笑っていて、人にも笑顔を強要していた(たいてい静蘭が犠牲になっていた)母だったから、もしかして今まで墓の上で浮遊しながら怒っていたかもしれない。娘が墓前でいつも沈んだ顔をしていたことに。そう考える心の余裕ができたことが不思議だった。

秀麗は気づくと自然に笑っていた。

（ね、母様。私、ひとつ心に決めたことがあるの）

昨夜、絳攸が秀麗に告げた。

『今、国試の女人受験制の草案提出をすすめている。まだ確定してはいないが、今年度中に草案が通るかもしれない。少なくとも私と王は通すつもりでいる。だが全面的な受け入れはまだ無理だ。今度通るとしたなら、高官による推薦枠制で、しかも実験的措置という形になるだろう。俺はお前を推すつもりでいる。お前は？　国試を受ける気はあるか』

絳攸の目は怖いほど真剣だった。

その気迫にのまれ、秀麗は答えることができなかった。

『今後のために俺はお前を利用すると思え。まずは男子のなかでも上位で国試に受かってもらう。最低二十位以内には必ず入ってもらうつもりでいる。勿論実力でだ。そのくらいでなくては次の年には女人国試など立ち消えになっているだろう。はっきりいって、お前以外はおそらく受からないと思え』

二十位――それは大官の道を約束されているも同然の順位だった。

『受かったとしても、お前の歩く道はひどく厳しいだろう。女ということだけで差別されることは当たり前だと思っておけ。任官してもろくな仕事は与えられない、意見は無視される、嘲笑や罵声を浴びせられ、いつだってお前はきっと一人で頑張らねばならなくなる。

たとえ上位で受かっても、お前がそこから這い上がるのはひどく厳しい。……そういう道が待っているとわかっていても、お前は国試を受けるか』

顔が青ざめた。はっきりいってそんな道は嫌だ。それでも心の半分が答えていた。

『やります』

震える声で。

――どうして女の子は国試が受けられないの？

幼かった自分の泣き声が耳にこだまする。

本当に国試を受けて、官吏になりたかったから。

女の子は受けられないとわかって、本当に悲しくて悲しくて悲しかった。頬が真っ赤にはれるまで、邵可をなじって、困らせて、泣きつづけた。

――どうしておんなのこは国試が受けられないの――……？

それは努力以前の問題だった。秀麗にはどうにもできないことだった。

『やらせてください』

平凡な道を歩めば、平凡な幸せが待っている。つらい思いはきっと半分以下。

それでも秀麗の唇はその言葉を口にした。

後世の女の子たちの踏み石になるなんて、そんなご立派な意志はかけらもなかった。

努力すれば何とかなると思ったわけでもない。そんなに楽観的でないことくらいわかる。

手足の先から冷えていくような怖さ。とても決然たる決断とは言えなかったけれど。

まっすぐに絳攸を見上げた。

ただ一つだけ、いえることがあった。それだけは胸を張っていえたから。

『官吏に、なりたいんです――』

大切な想いがあるなら、頑張れる。

ふと、絳攸の表情がやわらいだ。彼は優しく秀麗の頭をなでた。

『上出来だ。お前はきっと、いい官吏になる。俺の見込んだ弟子なんだからな』

秀麗はぐっと唇を噛(か)みしめた。そうしなければ涙腺(るいせん)がゆるんでみっともない顔をさらしてしまいそうで。

『――ご指導、よろしくお願いいたします』

秀麗は精一杯笑って見せた。


(母様。私、頑張るから。見ててね)

秀麗は墓前に供えた桜の枝を見て、微笑む。

午(ひる)に、桜の苗木が届いた。この桜が大きくなり、毎年満開の花をつける頃、自分はどうなっているだろう。せめてしゃんと顔を上げて花を見上げられるような大人でありたい。

一緒にいる静蘭と父様は、何だか嬉(うれ)しそうな顔をしていた。

それだけで秀麗は勇気がわいた。少なくとも、この二人だけはいつだって味方だから。

(あ、絳攸様も、たぶん楸瑛様も？　あと劉輝――も？　でも頼りにならないわ。なんた

って普通秋から冬に植樹する桜を真夏に贈ってくるトンチンカン男だもの。あとは)

「姫さん、お互いがんばろーなッ」

にっかと笑う燕青を、秀麗はうさんくさそうに見た。もう何回訊いたかわからない。

「……ほんとーにあなた、燕青？　どっかで入れ替わったんじゃないの」

「だから！　んなわけあるかって。声だって傷だって同じだろ？」

「だって二十六って……昨日まで絶対四十過ぎだったわよあなた！」

「ひでー」

情けなさそうに燕青はつるつるになった顎をさすった。

髭を綺麗に剃り、長すぎる前髪を切ってさっぱりした燕青はまるで別人だった。秀麗は見るなり「どなたさま」などと真顔でいったものだ。それくらい印象が違った。

はっきりいって「いい男」だったのだ。

精悍で野性的な顔立ちで、いつも陽気な光をたたえる双眸と笑みを浮かべた唇が雰囲気をやわらかくし、荒けずりながら充分魅力的な風貌だった。静蘭や劉輝の端正さとは違うが、自然がつくった豪快な彫刻みたいだ。左頰の十字傷も露わになってみると、男らしい顔立ちをいっそうひきたてている。男としての魅力という点では全然負けてなかった。

顔の印象が違うと、体まで均整のとれたしなやかな体軀に見えてくるから不思議である。というか、実際体つきは静蘭とそうたいして変わらないと秀麗は今さらながら気づいた。

(詐欺だわ……)

と、秀麗はその後燕青の顔を見るたび思ったのだった。

燕青との別れは、本当に呆気なくやってきた。

墓参りから数日は燕青も戸部の仕事を手伝っていたが、あらかた片がついたとき、いつもの気楽な調子で、明日帰るよ、と告げたのだ。あっさりと。

「さーて、じゃ、お別れだ、姫さん」

翌朝はバカみたいに晴れて、燕青はいつもの笑顔でくしゃくしゃと秀麗の頭をなでた。

「結構長くいすわっちまって悪かったな。ありがとよ。姫さんの飯サイコーだったぜ」

秀麗はうつむいた。引き止めればいてくれるのではないかとも思ったが、甘かった。別れがたいというだけでは、燕青は引き止められないのだ。それでもつい未練がこぼれる。

「本当に行っちゃうの？　父様今日は用事があっていないのに……明日、とかにすれば」

「未練がましくなるから、だめ。あ、黄尚書には昨夜文を出しておいたから。人も戻ってきはじめたから大丈夫だってさ。姫さんもそろそろお役御免になるんじゃねーかな？　俺のぶんの手当も出してくれるみたいなんだけど、姫さんがもらっといて。宿代ってことで。邵可さんに挨拶できねーのが心残りだけど、姫さんからよろしくいっといてな」

燕青は憎らしいくらいいつも通りだった。あっけらかんとして、名残惜しげな様子もない。でもだからだろうか。また会えるかもしれない、そうなんの根拠もなく思えるのだ。

それでも秀麗は根拠のないことを無条件に信じたりしなかったから、やっぱり寂しかった。なんだかんだいって、このひと月弱、燕青と一緒の生活は楽しかった。

「……また、行き倒れることがあったらうちの前にしたらいいわ。たいしたものないけど、あなた一人くらいなんとかなるわよ。静蘭のお友達だし、いつでも歓迎するから」

お友達という言葉に静蘭は微妙な表情をしたが、今日だけは何もいわなかった。

燕青は破顔した。嬉しそうに秀麗の頭をなでる。

「姫さんはほんといー娘だなぁ。元気で優しくて飯うまくて努力家だし。……姫さんがうちの上官になってきてくれたら、おもしれーんだけどなぁ」

最後の呟きは、小さすぎて秀麗の耳には届かなかった。

「じゃな。姫さんも静蘭も元気でな。またな」

そしていかにも気軽な様子で、燕青はふらりと去っていったのだった。

＊　＊　＊

「邵可さんと珠翠さんにあえて、良かったですねーお頭」

同時刻、貴陽の城門をくぐる二人組があった。

「あのお二人に会うために、本当はきたんですものね」

「うむ。このバカみたいに人の多いところでは無理だと思っていたのだがな」

「なんかちょっと、僕たち勘違いしてたみたいですしー」

「まったく盲点だったな！　まったくあの使者め、適当なことをいいおってけしからん」

おみやげの紫州団子を食べながら、お頭――翔琳がぷんぷんと怒る。

「今度こそ、ちゃんとした義賊〝茶州の禿鷹(ハゲタカ)〟になるべく日々精進努力をしなければな！」

「はい！　お山に帰ったら、よく計画を練りましょう」

今日は、暑さがだいぶやわらいでいた。猛暑も、もうそろそろ去るころなのだろう。

ふと、曜春は名残惜しげに振り返った。

「邵可さん、泣いてましたね……」

「……ああ。何がなんでも、親父殿を引きずってくれば良かったな」

曜春が回復するまで、二人は怪人仮面男の邸(やしき)に厄介になっていた。その折、密(ひそ)かに見舞いにきてくれた邵可と珠翠を思い返して、少しだけしんみりする。

『……君たちは、北斗の育てた子だね？　翔琳くんと曜春くん――』

優しそうなその人は、悲しそうに、でも嬉しそうに笑った。

ああ、この人が親父殿がよく話してくれた邵可殿なのだと、翔琳はすぐにわかった。そしてうしろで泣きそうな顔をしている綺麗な女性が、きっと珠翠殿。

親父殿の口癖を思い出す。春になったらあの二人に会いに三人で貴陽に行こう。けれど春になったら『やっぱり照れくさい』『こんな俺を見たら笑われる』とかいって、いつだってまた来年にしようっていい出した。……むりやりにでも、ひっぱりだせば良かった。

その言葉は、もう、二度と聞けない。

布団にもぐりこむ親父殿を、布団ごと転がしてでも山をおりれば良かった。

親父殿が、本当はとても心待ちにしていたことだったのに。口で何をいっても、大切な友達に会いに行こうと、心に決めていたことだったのに。三人で、一緒に——。

親父殿が約束してくれた『来年の春』は、もう、二度とこない。

『君たちは、本当は、その依頼のためにきたのではないだろう？』

邵可の言葉に、二人の少年は顔を見合わせた。

なぜ、わかったのだろう——と思った。

親父殿は国中の話をしてくれた。いつか旅に出るかと、最後にはいつもいった。

お前たち二人がもう少し大きくなったら。そしてお前たちが望むなら。

たぶん、貴陽へ、親父殿の友達に会いにいくのが最初の旅になったはずだった。

だから依頼がきたとき、行き先が紫州州都貴陽なのを聞いて出立することにした。

一人欠けてしまったけれど、親父殿が見たもの、感じたものを、自分たちに見せたかった世界を見に行こうと思った。親父殿の大切な思い出を拾いに行こう。話してくれた様々なものを、この目で。親父殿はいなくても、親父殿の見た世界はそこに在る。

ひとつひとつの話を覚えている。本当はそれを確かめるために。

親父殿が最後に残してくれたものを、手のひらにつかむために。

「でも、なんで最後に邵可さんと珠翠さんはヘンな顔してたんでしょうねー？」

「親父殿と山でどんな生活してたか、貴陽までどうやってきたかを話しただけなのにな」

遠くなる城門をあとに、少年たちはてくてくと茶州の方角へ足を伸ばす。

それを見送る二つの影が、城門のそばにあった。

「……見事だよ、北斗。君にあんな子たちを育てられるとは思わなかった」

邵可は笑った。ええ――とつられるように珠翠も相好を崩す。

少年たちは、かつて〝風の狼〟の一人であった凄腕の兇手・北斗によって、知らず知らずのうちに驚異的な逃げっぷりを叩きこまれていることを知らなかった。

国でも十指に入る峻険な峯盧山の山頂付近に住まいをもっていた彼らは、毎日の野性的な生活のなかで自然と高い身体能力を身につけていた。

そのなかで北斗が真っ先に子供たちに叩きこんだのは「逃げ足」であった。ちょっとでもやばいと思ったらすぐ逃げろ、格好つけるな無理するな、動物相手に命はるな、とりあえず逃げて逃げて逃げまくれ――の精神であった。その結果、彼らは峯盧山をサル顔負けに逃げ回れるようになり、結果、燕青相手でも見事に逃げきれるくらいになったのである。

それは同時に、逃げることは恥でもなんでもないという考えを彼らに植えつけた。その通り、二人はまずいと思ったらすたこら逃げるし、たとえ片割れが窮地に陥っても考えるのは「立ち向かう」ではなく「一緒に逃げる」ことである。そこには恥も見栄（みえ）も外聞もない。そんなことは彼らは考えない。

北斗は兇手としての能力は何一つ教えなかった。鳥獣や魚のとりかたは教えても、それを人にも応用できるのだという考えは注意深く切り離した。大物を倒すために体を鍛えさせるのではなく、いかなるときも逃げきれるカンと身軽さを叩きこまれた彼らは、たとえ腕っぷしが弱くても、相手がどんなに強くても、決して負けることはない。

勝つのではなく、負けない強さを北斗は選んだのだ。それはかつての彼と正反対の強さ。

「……君は自分がいなくても愛する者を守る方法を手に入れたんだね」

そして愛する人を愛せる心を。

北斗に会っておきたかった。今、心の底から邵可は悔やむ。

飢（かつ）えた光が消えた、君の本当の笑顔を見てみたかった。

「あの子たち、もう一つの贈り物をもらっていることに気づいているでしょうか？」

燕青の足にぴったりとついてきた。それは身体能力の高さと運の良さだけではない。

北斗が繰り返し聞かせた多くの昔話。かつて国中を旅した彼の体験に基づくそれらの話の通りに、彼らは貴陽へやってきた。街や村のあるところ、水場や獲物のある場所、毒のある食べ物の話、季節ごとに変わる風景、安全な寝床、賊が少なく最短距離の道筋——物語に知らずにふくまれたそれらを無意識にたどってきた。それが燕青の道とぴったり重なっただけのことだ。正確で無駄のない知識と情報は、まさしく黄金の値打ちがあるもの。

「どんな場所でも、生きていけるように——北斗兄からの形のない贈り物を」

「気づかなくたっていい。彼らはちゃんと受けとめているから」

もう一度笑みを向けると、邵可はきびすを返した。

そのあとで、小さな二つの影に一つの大きな影が合流した。城門で待ってろと言ったのに勝手に行くなこのバカタレが！　と燕青が怒鳴る声は、もう聞こえなかった。

＊　＊　＊

燕青が出立して数日が経ったころ——。

執務の途中で、劉輝は不意にその手を止めた。絳攸は出払い、楸瑛と二人だけだった。

「楸瑛」

「はい？」

「……余は、もしかしたら何か間違っている……のだろうか」

絳攸のかわりに書翰の整理などをしていた楸瑛は振り返った。

「秀麗は官吏になりたかったと言っていた。もし、実際そうなったら？　秀麗はきっとその役目を果たすだろう。そう——『官吏』として」

劉輝は何を言いたいのか、自分でもはっきりわからないように目をつぶる。

「……それは、余が望んでいることと『違う』気が……する。近くて、でももっと離れてしまうような。……燕青は秀麗が良い官吏になるといった。余は……何もいえなかった」

（ふむ……？）

楸瑛は劉輝が危惧(きぐ)していることをほとんど正確にいい当てることができた。

劉輝にとって秀麗が官吏になることは手段の一つだ。目的にできるだけ近づこうとするための。けれど秀麗にとってはそれが目的地だ。彼女はそこに留(とど)まり、官吏として働くことを望むだろう。そこに恋愛感情はなく、劉輝の言うとおり、近くて遠い存在になる。

劉輝が欲しいのは『良い官吏』としての秀麗ではない。だから彼はそう言われても何も答えることができなかったのだ。

本当は、楸瑛は劉輝が国試の女人受験制を言い出したときから、そうなることはほぼ予測していた。けれど何も言わなかった。良案を私事で左右することは好ましくないというのもあるが——意地悪な気持ちがあったことは否定できない。こんなほのぼのな恋心でなく、なんというか、もっと苦労しろという感情がときどき顔をのぞかせるのだ。昔の自分をふと思い出すときがあるからかもしれない。

「……主上、申し訳ありませんね」

「は？」

羨(うらや)ましいのかもしれなかった。自分とは違う恋の形をもつ劉輝が。

これからどう変化するのか、見てみたいとも思う。どんな逆境でも、もしかしたら劉輝は変わることなくほのぼのと、でも確実に近づいていくかもしれない。「待つ」ことができる――そんな優しい恋の形を、見られるなら見てみたい。そう思っているのも事実だ。

（……まあ、別に成就はしなくてもいいんだけれど）

やはり少し意地悪な気分で、楸瑛はそう内心呟く。

「……主上、たとえどんな状況でも、人の心を自分に向けさせることの難しさは、いささかの変わりもありませんよ。秀麗殿が官吏になったからといって、それがなんなんです？ 主上がしなければならないことは何一つ変わってはいないでしょう。それとも主上は近道やズルして努力を怠けようとでも思ったんですか？」

掛け値なしに真実と思うことを、楸瑛は口にした。彼にとっては珍しいことだった。

劉輝はうん、と小さく頷いたあと、ゆっくりと頭をふった。

「……そうだな。余はちょっと怠けたいと思っていたのかもしれぬ。反省する。確かに、余が頑張ることは何一つ変わらない」

「私情を抜きにしても、国試の女人受験は良案だと私も思います。頑張ってくださいね」

「ああ」

こっくりと頷き、また草案とにらめっこをはじめる劉輝を見て、楸瑛は笑う。

この素直さだけは本当に愛しいと、彼は心から思った。

そして猛暑も和らぎはじめた夏の終わり、朝廷でひとつの議案が可決された。

当初一笑に付された「国試女人受験制」であったが、王の作成した綿密な草稿と、何度も重ねられた根回しと討議の結果、この次の国試において実験的に導入されることが決まった。この件に関してはどのような心境の変化か、黄戸部尚書が突然賛意を表したことが最終的に可決とあいなった最大の要因であるといえる。

次期宰相候補とまで言われる吏部と戸部の二尚書がともに支持したことで、なんとか可決にこぎつけられたこの案は、同時に多くの反対を押し切ってのものであった。そのため、後世初の国試の女人受験として名高いこの年の試験には様々な条件がもうけられた。

まず、大貴族もしくは正三品以上の高官の推薦が必要であること、素性が確かな者であること、事前に会試を受ける実力があるかを見る適性試験をもうけ、それに通ること、男女の別なく扱うこと、もしこの実験的国試において誰一人女人合格者がいなかった場合、以後もとのように男子専制とし、女人国試受験を改めて廃案とすること――などであった。一見、あまりにも女人受験導入派に不利に思えるこの様々な制約を、しかし王はたいした反論もせず首肯した。

そしてその年の国試で、ただ一人女性合格者がでた。

いろいろな意味で騒がれた国試であったが、やはり第三位――探花という称号と十七歳という若さで及第した少女のことは、相当な反響を呼んだ。それは遠く州をこえて。

　茶州でその情報を耳にした左頬に十字傷のある男は苦笑した。

「さすが姫さん。探花かよ。予想以上のことしでかしてくれたなぁ。ちぇ、俺も報告しようと思ったのに、かすんじまうなー」

　その年の茶州準試のことも、後世一人の男の名前とともに記されることになる。

　官吏としてはかなり数奇な道を歩くことになるその男の名は浪燕青。

　のちに、稀代の名官吏として名を残す紅秀麗の名補佐としてあちこちをともに飛び回ることになる彼の、今はまださやかな足跡の一つとして。

＊　　＊　　＊

　霄太師は継ぎ目のない壺をじっと見つめた。

「……たく、あのバカタレ王め。妙な噂を流すからだいぶ遅れてしまったではないか」

　宮城にある自分の室に入ると、霄太師は何気ない仕草で腕を水平にないだ。

「これで、よし」

　当分、この室は人の注意をひかない。そこまでしてようやく霄太師は一息ついた。

　霄太師は壺を卓子の上に置いた。その上部をそっとなでる。

「……ふむ、そろそろ、頃合いか」

　つ、と指をすべらせると、そこに一つの筋が浮かびあがっていく。蓋のように円を描くと、おもむろに手をかけた。するとまるで本当の蓋のように壺口辺りが切りとられた。

壺は、しばらくはなんの変化もなかった。けれど徐々に、なかから白っぽい靄のようなものがわき上がりはじめる。それはゆっくりと形を整え、やがて一つの姿を形づくる。

やや神経質そうな顔立ちだった。目は閉じられたままだったが、薄い唇は引き結ばれ、眉はわずかに寄り、上半身だけの体は痩せぎみの——二十代後半頃の青年の姿。

霄太師の目が子供のように輝く。成功した——そう思った。

青年の閉じていた両眼が見ひらかれる。意志の強さがそのまま現れたかのような眼差し。知性あふれるその目は、霄太師がよく知っているものだった。

「……霄——この、馬鹿者が。よくもこんなふざけた真似をしたな」

開口一番に浴びせられた罵声に、しかし霄太師は笑った。心から。

「君がいなくなってから、こちらも何かと大変でね。特に茶州あたりが」

つられたように若いころの口調に戻る。

地名を聞いて、男の顔つきが険しくなった。

「気になるだろう？」

霄太師は旧友にゆっくりと手を差しのべた。そして滅多に見せない微笑を浮かべる。

「お還り、我が友」

本書は、平成十六年三月、角川ビーンズ文庫より刊行された
『彩雲国物語　黄金の約束』を加筆修正したものです。

彩雲国物語

二、黄金の約束

雪乃紗衣

角川文庫 17108

平成二十三年十一月二十五日　初版発行

発行者―井上伸一郎
発行所―株式会社角川書店
東京都千代田区富士見二―十三―三
電話・編集（〇三）三二三八―八五五五
〒一〇二―八〇七八
発売元―株式会社角川グループパブリッシング
東京都千代田区富士見二―十三―三
電話・営業（〇三）三二三八―八五二一
〒一〇二―八一七七
http://www.kadokawa.co.jp
印刷所―暁印刷　製本所―BBC
装幀者―杉浦康平

定価はカバーに明記してあります。

ゆ 10-2　ISBN978-4-04-100018-2　C0193

角川文庫発刊に際して

角川源義

第二次世界大戦の敗北は、軍事力の敗北であった以上に、私たちの若い文化力の敗退であった。私たちの文化が戦争に対して如何に無力であり、単なるあだ花に過ぎなかったかを、私たちは身を以て体験し痛感した。西洋近代文化の摂取にとって、明治以後八十年の歳月は決して短かすぎたとは言えない。にもかかわらず、近代文化の伝統を確立し、自由な批判と柔軟な良識に富む文化層として自らを形成することに私たちは失敗して来た。そしてこれは、各層への文化の普及滲透を任務とする出版人の責任でもあった。

一九四五年以来、私たちは再び振出しに戻り、第一歩から踏み出すことを余儀なくされた。これは大きな不幸ではあるが、反面、これまでの混沌・未熟・歪曲の中にあった我が国の文化に秩序と確たる基礎を齎らすためには絶好の機会でもある。角川書店は、このような祖国の文化的危機にあたり、微力をも顧みず再建の礎石たるべき抱負と決意とをもって出発したが、ここに創立以来の念願を果すべく角川文庫を発刊する。これまで刊行されたあらゆる全集叢書文庫類の長所と短所とを検討し、古今東西の不朽の典籍を、良心的編集のもとに、廉価に、そして書架にふさわしい美本として、多くのひとびとに提供しようとする。しかし私たちは徒らに百科全書的な知識のジレッタントを作ることを目的とせず、あくまで祖国の文化に秩序と再建への道を示し、この文庫を角川書店の栄ある事業として、今後永久に継続発展せしめ、学芸と教養との殿堂として大成せんことを期したい。多くの読書子の愛情ある忠言と支持とによって、この希望と抱負とを完遂せしめられんことを願う。

一九四九年五月三日